A turma

Memórias de uma garota que não sabia ser feliz sozinha

Alissa Grosso

A turma
Memórias de uma garota que não sabia ser feliz sozinha

TRADUÇÃO
Luiza Leal

Copyright © 2011 Alissa Grosso
Copyright © 2011 Flux, um selo de Llewellyn Worldwide Ltd.
Copyright © 2013 Editora Gutenberg
Título original: *Popular*

Todos os direitos reservados pela Editora Gutenberg. Nenhuma parte desta publicação poderá ser reproduzida, seja por meios mecânicos, eletrônicos ou em cópia reprográfica, sem a autorização prévia da Editora.

GERENTE EDITORIAL
Alessandra J. Gelman Ruiz

TRADUÇÃO
Luiza Leal

PRODUÇÃO EDITORIAL
Ab Aeterno Produção Editorial

PREPARAÇÃO DE TEXTO
Karina Danza

REVISÃO
Camile Mendrot
Catia Pietro
Aline Sobreira

DIAGRAMAÇÃO
Christiane Morais de Oliveira

CAPA
Diogo Droschi

Dados Internacionais de Catalogação na Publicação (CIP)
Câmara Brasileira do Livro, SP, Brasil

Grosso, Alissa

A turma : memórias de uma garota que não sabia ser feliz sozinha / Alissa Grosso ; tradução de Luiza Leal. -- Belo Horizonte : Editora Gutenberg, 2013.

Título original: Popular.

ISBN 978-85-8235-059-1

1. Ficção norte-americana I. Título.

13-00362   CDD-813

Índices para catálogo sistemático:
1. Ficção : Literatura norte-americana 813

EDITORA GUTENBERG LTDA.

São Paulo

Av. Paulista, 2.073, Conjunto Nacional,
Horsa I, 11° andar, Conj. 1.101
Cerqueira César . 01311-940
São Paulo . SP
Tel.: (55 11) 3034 4468

Televendas: 0800 283 13 22
www.editoragutenberg.com.br

Belo Horizonte

Rua Aimorés, 981, 8° andar
Funcionários . 30140-071
Belo Horizonte . MG
Tel.: (55 31) 3214 5700

Aos meus pais, que sempre me apoiaram.
A aventura continua...

Agradecimentos

Obrigada a todos que tornaram este livro possível e me apoiaram em minha jornada criativa, incluindo todos os meus amigos e familiares, mas principalmente meus pais, Robert e Carolyn Grosso. Vocês são demais! Eu nunca teria chegado onde estou hoje sem seu apoio.

Quero agradecer a todos da editora Flux, por terem trabalhado tanto para trazer este livro à vida. Agradecimentos especiais a Brian Farrey, editor extraordinário que resgatou este livro de um monte de besteiras e viu seu potencial. Obrigada à editora Sandy Sullivan, cujos olhos afiados e bons ouvidos ajudaram a enxugar minha prosa às vezes incompreensível e desajeitada. Obrigada aos designers, aos assessores de imprensa e à equipe de vendas da Flux, que me ajudaram a compartilhar meu romance com o mundo.

Finalmente, agradeço à grande comunidade de escritores, cujo apoio moral, posts em blogs e tweets estavam lá para me ajudar em minha jornada criativa. Sou grata por fazer parte dos Elevensies; não sei onde estaria sem essa maravilhosa rede de apoio. Também, um grande, enorme obrigada à turma da 2K11. Estou muito feliz por fazer essa jornada de escrita com vocês. Vocês são os melhores!

Parte um
A TURMA

OLIVIA

Ser popular tem seus privilégios, mas poder escolher suas matérias no ensino médio não é um deles. Infelizmente, ser o braço direito da garota número 1 da escola não é suficiente para me livrar de uma manhã inútil, dedicada aos estudos, em meu último ano.[1] Na verdade, ser a segunda "alguma coisa" não ajuda muito em nada. Não ajuda, por exemplo, a saber quando sua melhor amiga vai dar a próxima festa ou quem teve a sorte de entrar na lista de convidados, como Gabriel Avenale demonstrou ao entrar na sala uns trinta segundos depois de tocar o sinal, nem um pouco preocupado com isso, mas parecendo ter acabado de ganhar o campeonato mundial. Acho que a sensação deve ser mais ou menos essa.

Tudo bem, eu nunca tive de me preocupar se estava ou não na lista da Hanna, nem conheci a emoção insubstituível de ver meu nome escrito lá pela primeira vez, porém conheço essa sensação mágica de ser escolhida pela grande Hanna – apesar de o meu momento mágico ter vindo antes de o de todo mundo. Ela me escolheu no jardim de infância.

---

[1] O ensino médio nos Estados Unidos é cursado em quatro anos, e não em três, como no Brasil. (N. E.)

O primeiro dia de aula de uma garota negra na branquíssima Fidelity Elementary foi uma experiência assustadora. Ainda por cima, tive o azar de frequentar uma escola que ficava a duas cidades de distância, só porque minha tia conhecia uma professora lá. Enquanto, no primeiro dia de aula, os outros alunos retomavam a matéria de alguns meses atrás, eu permanecia em pé, fora do círculo, uma menininha com o joelho ralado e a cor de pele inadequada que tinha entrado na escola errada. Devia haver, percebo hoje, outros alunos novos que se sentiam intimidados, nervosos e excluídos, mas acho que não me dava conta disso naquela época. Até onde sabia, eu era a única estranha ali.

É o tipo de coisa que pode ser traumática em qualquer idade, ainda mais aos cinco anos. Lembro-me de chorar, não na frente de todo mundo, pois até mesmo aos cinco anos eu percebia como isso seria devastador, mas mais tarde, enquanto andava pelo gramado inimaginavelmente longo da escola em direção ao carro da minha mãe. Não era um choro berrado; estava mais para um choro de filme piegas. Lágrimas de autopiedade rolavam pelo meu rosto e enchiam meus olhos. Então, aconteceu.

A menina mais alta, mais loira e mais bonita da sala chamava o meu nome – ela sabia o meu nome. Lá, no gramado em frente à escola, ela anunciou que seríamos amigas. Não perguntou, mas informou, e talvez se eu tivesse sido escolhida mais tarde na vida, teria ficado ofendida com aquela abordagem. Talvez, mas provavelmente não. Mesmo aos cinco anos de idade, eu pressentia o que aquela amizade significaria para mim. Desde então, nunca mais fiquei de fora de um círculo sem ser por escolha própria.

Isso é mesmo verdade? Quer dizer, teria acontecido exatamente da forma como eu acho que aconteceu? Eu tinha cinco anos. Como posso me lembrar de detalhes como um joelho ralado ou lágrimas no meu rosto? Mas, sabendo de tantos detalhes, como poderia não ser verdade? Enfim, o que sei – vendo Gabriel correr para a sua cadeira com o maior sorriso do mundo estampado no rosto – é que conheço essa sensação. Esse contentamento. Já passei por isso, e, apesar de destoar da minha tendência ao cinismo, talvez seja a melhor sensação de todas.

Outra coisa que sei é que estou total e completamente apaixonada pelo Gabriel. Isso não é algo que acabei de perceber. Na verdade, passei este ano inteiro babando por ele, desde que percebi como ele preenche seu uniforme de futebol em vez de nadar dentro dele. Desde que percebi que, de repente, ele parece ser muito mais um jovem homem do que um garoto grande, fiquei caidinha por ele. Então, eu me pergunto, é claro, se todos os meus esforços para esconder esses sentimentos foram em vão, se a Hanna de alguma forma descobriu meus desejos mais secretos e me recompensou colocando o nome de Gabriel na sua primeira lista de convidados do nosso último ano.

Meu coração palpita e minhas mãos suam. Não por causa do Gabriel, mas porque acho que a Hanna sabe, e não quero que ela saiba. Não quero a Hanna envolvida. Quero o Gabriel. Quero que ele seja puro, que não seja contaminado pela Hanna.

Um bom tempo depois, quando o sinal nos liberta do inferno da sala de estudos, caminho pelo corredor quando uma voz me chama: "Oi".

Fico paralisada. Viro-me lentamente.

Gabriel sorri para mim, um pouco menos do que quando entrou voando pela sala de estudos anunciando sua boa notícia para quem quisesse ouvir, mas ainda assim era o sorriso de alguém que estava tendo um dia muito, muito bom.

"Eu só queria agradecer, sabe", diz ele. "Sobre a lista de convidados. Estou muito ansioso pela festa."

"Não me agradeça", corrijo, percebendo depois que isso parece meio antipático. "Quer dizer, estou feliz que você esteja na lista, e também estou ansiosa pela festa."

Ele concorda, e só Deus sabe onde a conversa poderia ter ido parar, porque sou puxada de repente para o banheiro feminino por uma mão desconhecida.

Sob o brilho das luzes fluorescentes repletas de mariposas mortas, vejo que a mão pertence a ninguém menos que Sheila Trust. Ao contrário do radiante Gabriel, ela reclama feito uma menina mimada que não ganhou um pônei de aniversário. Para piorar, os azulejos verdes e encardidos do chão e do teto do banheiro refletem em sua pele branca, causando uma aparência que beira o demoníaco. Seus cachos loiro-escuros se libertam do confinamento de uma presilha de strass, enquanto ela luta para prender uma cadeira furtada na maçaneta da porta, criando uma sala de reuniões privada.

"Da próxima vez, um 'com licença' educado poderia funcionar", sugiro.

"Quieta", retruca ela. "Você sabia disso?"

"Disso o quê? Da existência desse banheiro?"

"Ha-ha. Você sabe muito bem do que estou falando."

"Na verdade, não sei, não."

"Não dá pra ser mais óbvia. Estou falando sobre a lista de convidados da Hanna."

"Ah, isso", digo.

"*Ah, isso*", repete ela, com uma voz de reprovação. "Sim, isso. Apenas a maior notícia do dia todo, e eu tenho de descobrir pela Melissa Drackett, como se eu fosse uma idiota qualquer. Fiquei com cara de trouxa, Olivia."

"Acho que essa cara não tem nada a ver com a Melissa ou com a lista de convidados."

A porta vibra, como se estivessem tentando abri-la por fora, mas a cadeira a segura. Alguém grita e bate na porta.

"Vá embora, vadia!", grita Sheila, voltando-se para mim. "Você sabia disso, não sabia?", exige saber. Param de bater na porta.

"Acabei de saber na sala de estudos."

"Mentirosa."

"Palavra de escoteira", confirmo e, como não sei o gesto certo, cruzo minha mão direita no peito com o dedo do meio estendido. Sheila pressiona os lábios e respira, ofegante, pelo nariz, parecendo agora realmente um demônio.

"Ela consultou ou não consultou você sobre isso?", pergunta Sheila.

"Já falei, acabei de descobrir há alguns minutos."

"Isso é loucura. Ela é louca. Quem diabos ela pensa que é? Ela deveria consultar a gente sobre esse tipo de coisa. A gente deveria discutir esses assuntos. Nossa opinião deveria valer alguma coisa."

"Isso é o que você pensa", corrijo. "A Hanna nunca disse isso. Tenho certeza."

Sheila não é como todas nós. Nem todo mundo percebe, mas eu sei e a Hanna sabe, e é provável que até a Sheila saiba, mas ela é tão burra que eu duvido. Sheila não foi escolhida. O restante de nós foi escolhido a dedo pela Hanna, mas Sheila foi a única que escolheu a Hanna, que se tornou membro da turma por vontade própria. Claro, por um lado a Hanna teve de aceitá-la, então não é que a Hanna não goste da Sheila, mas é diferente com ela... Talvez seja por isso que eu a odeie.

Puxo a cadeira da maçaneta e começo a abrir a porta.

"Aonde você vai?", pergunta Sheila.

"Pra aula."

"Você não está nem aí, né?"

"Não importaria se eu estivesse."

Enquanto saio, percebo que alguém escreveu *VAI SE FERRAR, HANNA* na parede do banheiro com canetinha preta.

Sheila

Só porque alguém é a garota mais popular da escola, não quer dizer que ela sempre será a garota mais popular da escola. Hanna acha que é intocável. Acha que todo mundo vai amá-la para todo o sempre. O problema é que ela é desleixada e preguiçosa, não sabe porcaria nenhuma sobre popularidade. É só dar uma olhada nos otários que a rodeiam. Enfim, popularidade é algo que requer esforço, algo que você tem de querer muito, muito mesmo. E eu quero.

Esse assunto da lista de convidados pode parecer besteira, mas não é só o fato de ela não ter me consultado que me irrita. É que aquela lista, sinceramente, é um lixo. Tem pessoas lá que não têm nada a ver, e quem realmente merecia ser convidado para a festa não foi. Se ela tivesse feito a gentileza de me consultar antes, de me mostrar a lista e pedir a minha opinião, eu poderia ter apontado essas falhas para ela, mas não. Em vez disso, ela pendura o negócio para todo mundo ver, e agora sua lista idiota virou verdade absoluta.

"Ah, eu achei fofo ela ter convidado o Tom", diz uma voz que parece ser da Karen Rourke. Eu me escondo para ouvir secretamente o restante da conversa.

"Fofo, talvez, mas estranho", comenta uma segunda voz. Débora Shune? "Ele é meio babaca."

"Pode ser, e é estranho que a Rose não esteja na lista, né?", diz Karen.

"E o Robert. Estou dizendo, a Hanna devia estar bêbada quando fez essa lista."

Timing é tudo, por isso aproveito o momento para aparecer. Débora está de boca aberta, olhando para mim feito uma idiota. Karen apenas sorri daquele jeito alegrinho dela.

"É melhor você fechar essa boca", digo para Débora. "Tem muita mosca por aqui." Obedientemente, ela fecha a boca.

"A gente só estava brincando", explica Débora. "Eu não quis dizer aquilo. Quer dizer, é meio estranho que o Tom esteja na lista, mas posso entender por que a Rose não entrou."

"Relaxe", digo. "Aliás, eu concordo. O Robert deveria estar lá."

"Ele é uma gracinha", acrescenta Karen.

Começo a me olhar no espelho do banheiro e pego um gloss na minha bolsa; não que precise dele, mas tenho de mostrar às meninas que somos todas amigas e que está tudo bem. Um minuto depois, elas relaxam e começam a se produzir também. Em pouco tempo, estamos fofocando sobre quem está traindo quem e o que realmente aconteceu no fundo do ônibus naquele passeio da semana passada ao museu. Esses são os detalhes que a Hanna simplesmente não entende, e é por isso que eu acho que sua popularidade não é imortal.

A questão é: eu sempre fui uma garota popular. Na verdade, até ser arrancada do meu território e replantada aqui em Fidelity, eu era *a* garota popular. Quando, por questões de trabalho, minha família foi obrigada a se mudar, não enterrei minha cabeça na areia. Marchei em direção a

Fidelity High com a cabeça erguida. Não demorou muito para que eu descobrisse quem dava as cartas, e fui direto a ela. Até mesmo Hanna, em sua grandeza, percebeu como eu era especial e me trouxe para debaixo de sua asa, ao seu grupinho bizarro. Às vezes, sou grata por tudo ter dado certo, mas outras vezes me pergunto se teria sido melhor nunca ter entrado na turma.

Sabendo tudo o que sei sobre a Hanna, imagino se não poderia simplesmente ter desafiado seu título de garota mais popular da escola e vencido, sem grandes dificuldades. Em vez disso, estou presa ao papel de servente glorificada, enquanto Hanna continua dando as cartas.

Mas tenho a vantagem de estar dentro – e alguns impérios são destruídos de dentro para fora.

Patrícia

A cada foto que tiro, dou um nome em minha cabeça. Esta se chama "Esperanças perdidas". Esta outra é "Calouros descobrem a popularidade". São os rostos de meus colegas de escola, contorcidos por nojo, alegria, surpresa e inveja. Mais tarde, revelarei cada foto na minha sala escura, estudando cada rosto, tentando entender o que significa ser aquela pessoa naquele exato momento em que meu obturador se fechou, capturando-a em um instante congelado no tempo.

Encontrei a Nikon no meu sótão. Pertencia ao meu avô há muito tempo, e é totalmente manual. Fiz um curso de introdução à fotografia no ano passado e era a única da sala que não tinha uma câmera chique, cheia de sinos e apitos. Os outros alunos não entendiam a adoração que o senhor Hankins tinha pela minha câmera, nem por que ele sempre mostrava minhas fotos como bons exemplos e me dizia que eu tinha um dom. Para eles, suas câmeras eram apenas mais um aparelho em uma vida cheia de *gadgets*, apenas uma bugiganga. Não sabiam olhar pelo visor e encontrar não somente uma foto bonita, mas a própria vida em todas as suas nuances.

Houve um tempo em que eu teria me sentido insegura ao carregar uma câmera pela escola o dia todo. Houve um tempo em que teria me preocupado com o que as outras pessoas achavam de mim. Mesmo após ter me tornado a mais nova integrante da turma da Hanna, ainda passava um bom tempo me preocupando com o que as pessoas pensariam se eu usasse um penteado diferente, se não me vestisse exatamente com as roupas certas, se dissesse ou fizesse a coisa errada. Então, em algum momento, percebi que nada disso importava. Ou talvez simplesmente encontrei outras coisas com as quais me preocupar.

Enfim, em algum momento surgiu um boato de que eu estava no comitê do livro do ano. Não sei quem começou, mas nunca me preocupei em desmentir isso. Então ninguém acha estranho que eu ande pela escola o dia todo com uma câmera. Eles nem se importam que eu tire fotos deles, até porque quem não gostaria de aparecer no livro do ano? É claro, nenhuma dessas fotos vai acabar em qualquer livro do ano. O único livro em que estarão é o meu caderno pessoal, no qual página após página é preenchida com os rostos dos alunos de Fidelity High, capturados em seus momentos mais nus e vulneráveis.

Quando me preocupo com o futuro, com o que vai acontecer quando todos se formarem, pego meu caderno e folheio as páginas. Em parte, é reconfortante ver todos esses outros rostos, tantos deles tão problemáticos e assustados quanto eu. Em parte, é um esforço para adquirir um pouco de compreensão. Porque, até onde eu sei, no próximo ano caberá a mim guiar esse bando de almas atormentadas, e não tenho ideia de como fazer isso.

Um rosto está visivelmente ausente em meu caderno, um rosto que provavelmente aparecerá em muitas páginas do verdadeiro livro do ano. Não há fotos de Hanna em meu caderno, apesar de ela ser a figura mais dominante do nosso ensino médio e a mais influente em minha própria vida.

Quando entrei em Fidelity High como uma caloura medrosa e patética, não fazia ideia de quem era Hanna. Meu primeiro dia foi um desastre. Um erro na secretaria fez com que a minha grade de horário fosse confundida com a de uma aluna do segundo ano, o que levou quase uma hora para ser esclarecido. Lembro-me de entrar no escritório quase em lágrimas, explicando meu caso para as secretárias confusas, quando uma garota bonita do segundo ano entrou pela sala, iluminando-a com seus cabelos loiros radiantes e seus olhos azuis. Quase que imediatamente ela resolveu as coisas.

"Espere aí", disse, quando o computador finalmente mostrou a minha grade certa. "Isso não vai funcionar."

"O que foi?", perguntei, com uma voz baixa e amedrontada.

"Eles colocaram você no terceiro almoço", explicou ela, "e a gente sempre almoça no segundo horário."

Então, simples assim, fez as secretárias reorganizarem minha grade, para que eu também pudesse almoçar no segundo horário. Quando saímos da secretaria, Hanna explicou onde eu encontraria sua mesa na lanchonete. Eu só pensava ter dado sorte por encontrar alguém que me deixasse sentar em sua mesa durante o almoço. Ainda não havia percebido que era muito mais do que um almoço – que, naqueles poucos minutos, Hanna havia decidido que eu deveria entrar em sua turma. Havia me adotado e se tornado minha fada madrinha. Em um instante, passei de uma caloura tímida com cabelos crespos e aparelho a uma das garotas mais populares da escola, que, inexplicavelmente, tinha cabelos castanhos crespos e usava aparelho nos dentes.

Esse é o poder incrível da Hanna. Agora, talvez você entenda por que estou tão apavorada com o que vai acontecer no ano que vem, quando ela for embora.

Tome como exemplo a lista de convidados fixada em um quadro de avisos vazio, no corredor da escola. Apenas algumas folhas de papel, uma lista de nomes. Qualquer um poderia ter impresso sua própria lista de convidados e fixado lá, mas somente a lista da Hanna tem o poder de gerar lágrimas de alegria e de devastação aos desejosos pela popularidade, cujos nomes estariam ou não anunciados no sagrado pergaminho.

Um *close* de uma bochecha com lágrimas de rímel escorrendo, no momento em que uma alma desafortunada descobre que não hoje, não esta semana e talvez nunca saberá como é se sentir especial, sentir-se invejada. Um *take* de dois amigos se abraçando aliviados ao descobrirem que ambos entraram na lista. Nenhum consolo constrangedor para esses dois, nada de prometer não ir àquela festa idiota e depois quebrar a promessa, porque não importa quão forte seja sua amizade, você não pode deixar de ir à festa da Hanna. E aqui está o garoto que tenta parecer indiferente, mas a câmera flagra aquele brilho em seus olhos.

Conheço essas pessoas. Refletirei sobre seus rostos por horas, mais tarde, na privacidade do meu quarto. Conheço-as; porém, mais importante ainda, elas me conhecem.

Gilda

Três anos ou mais fazendo o mesmo caminho para a mesma mesa todo santo dia. Meus pés devem ter feito um buraco no chão de linóleo da lanchonete. Eu poderia encontrar a mesa, nossa mesa, mesmo dormindo. Mas, enquanto percorro o mesmo caminho, uma parte de mim quer se libertar dessa força.

Os bizarros se sentam no canto. Góticos, punks e revoltados em geral. Exigiram um canto onde pudessem estar entre si e zombar dos colegas presos às suas pequenas rotinas. Quero me sentar lá no canto. Pertenço ao canto. Sou uma bizarra. Pelo menos, essa é a minha verdadeira identidade, mas os bizarros nunca me aceitariam. Estou marcada pela mancha da popularidade – sou uma das escolhidas. Ainda que tentasse me sentar lá, ainda que ousasse falar com eles, ririam da minha cara. Têm todo o direito de fazer isso.

Afinal, só porque a Hanna me disse o que fazer, não quer dizer que eu tinha de escutar. Mas ela sempre soube que eu escutaria. Foi por isso que me escolheu, e não a outro bizarro – como aquela garota ali, de cabelo roxo, acho que seu nome é Carla. Ela não, porque a Carla teria dito a Hanna onde enfiar seu grupinho idiota. Carla teria cuspido na sua cara, pisado no seu pé e a mandado para aquele lugar. Mas não Gilda Winston. Só porque seu guarda-roupa contém apenas tons de preto e ela corta o cabelo ao contrário da moda, não quer dizer que seja *realmente* uma esquisita. Ela só acha que é bizarra. É uma "quero-ser-bizarra", e isso é pior do que não ser bizarra coisa nenhuma.

Quando entrei no ensino médio, estava determinada a ser uma punk antissocial e antissistema que não aceitaria desaforo de ninguém. Eu era a garota que se meteu em confusão por construir um altar em seu armário no nono ano, com velas acesas e tudo, para o vocalista de uma banda gótica. Estava pronta para ser uma revoltada de meia arrastão preta no ensino médio, até que a popularidade em forma de Hanna Best veio e estragou tudo. Desde então, a vida se transformou em pêssegos e cremes e sonhos ensolarados.

O pior é que não consigo odiar a Hanna. Fui eu que mordi a isca. Fui eu que mudei repentinamente de opinião sobre minha postura antissistema, ao descobrir que o sistema me queria. Passei de revolucionária a política burra em um piscar de olhos, sem nem olhar para trás.

Ok, tudo bem, às vezes eu olho para os bizarros do canto com saudades, mas não é de verdade. Sei qual é o meu lugar, e meus pés também, por isso me levam direto à mesa. Abaixo minha bandeja e ocupo meu lugar marcado.

"Qual é a sua opinião sobre tudo isso, Gilda?", pergunta Sheila. Ela, Patrícia e Olivia já começaram o almoço e uma discussão importantíssima que parece interessar somente à Sheila.

"Opinião sobre o quê?", pergunto.

"Gilda Winston, planeta Terra chamando! Aquela lista de convidados, caramba. O que você acha de a Hanna fixar aquilo sem nem avisar a gente?"

Não estou tão por fora do assunto. Ouvi uma conversa no corredor sobre uma nova lista de convidados, mas nunca me ocorreu que eu deveria estar magoada porque a Hanna não nos avisou que a colocaria no quadro de avisos.

"Não tem nada de mais", comento.

"Eu disse", reforça Olivia.

"Parece que a maioria das pessoas ficou feliz com a novidade", diz Patrícia.

"O quê?!", grita Sheila. "Com quem vocês andaram falando? Essa lista é um absurdo. Vocês já viram?"

"Quando é a festa?", pergunto.

"Isso não importa! O que importa é que tem um monte de gente que não deveria estar naquela lista, e um monte que deveria estar e não está.

"Hã?" Olivia finge estar confusa. Talvez não esteja fingindo. Às vezes, parece que Sheila fala outra língua.

"A festa é em outubro", responde Patrícia. "É uma festa de Halloween."

"O quê?", diz Sheila. "Como você sabe disso?"

"Porque é o que diz no topo da lista", explica Patrícia. "A gente devia fazer algum tipo de fantasia em conjunto."

"Dá pra voltar ao real problema aqui e ao fato de que a Hanna não acha que precisa consultar nenhuma de nós antes de fazer algo tão importante assim?", pergunta Sheila.

"Sobre o que eu preciso consultar você?" Hanna aparece de repente, atrás de Sheila.

"Até pra cagar, se dependesse da Sheila", responde Olivia.

"Olivia, esta é uma mesa para o almoço", repreende Hanna.

"Que tal as Pink Ladies? Sabe, do filme *Grease*. A gente podia mandar fazer as jaquetas!" Patrícia continua pensando na ideia de combinar as nossas fantasias.

"Eu não uso rosa", aviso.

"Pra que a gente precisa de jaquetas?", pergunta Hanna.

"Achei que a gente devia escolher um tema pra festa de Halloween", explica Patrícia.

"Talvez seja melhor pedir a opinião da Hanna", diz Sheila. "O que você acha, Hanna? Quer fazer a mesma fantasia pra todas nós, algum tipo de história, ou é cada uma por si?"

"Já escolhi a minha fantasia", responde Hanna. "Vocês escolham as suas."

Hanna

Sempre achei o outono a estação mais deprimente. O ar exala morte e tristeza, e há esse clima geral de finalização... E este é realmente o último outono. Pelo menos, do ensino médio. Claro, já me formei antes. Teve a formatura da educação infantil, quando entramos no ensino fundamental, e depois a do oitavo ano, com todo aquele fiasco da bomba de fedor; no entanto, o ensino médio é diferente, porque é realmente o fim. Ah, claro, tem a faculdade e a vida adulta e tudo o mais, mas não é a mesma coisa. Acho que eu sempre soube que este seria um ano difícil, mas não sabia que as dificuldades começariam tão cedo. Já comecei a marcar: última dança na volta para casa, última concentração de torcida, última rifa de chocolate. E só vai piorar no decorrer do ano.

Enquanto caminho do estacionamento dos professores para as quadras de esportes, tento não reparar nas folhas caídas que cobrem o chão, mas o vento frio do outono e o cheiro de decomposição que o acompanha são mais difíceis de ignorar.

"Ei, Hanna!" Olho para cima e vejo o time de corrida dos garotos vir em minha direção durante o treino, correndo com uma elegância felina. Não tenho tempo para desviar, e eles se movem ao meu redor como um rio em volta de uma ilha, sorrindo e acenando. É de coisas bobas assim que vou sentir falta.

Então, vejo ele, a única pessoa que entra automaticamente naquela lista e, provavelmente, a única que não está nem aí para isso. Alex está sentado em um banco e, quando chego, ele se levanta e segura a minha mão. Sei que algumas pessoas não percebem, mas para mim ele é o cara mais bonito da escola. Alto e esbelto, sem ser magro demais, e com cabelos pretos e grossos que estão sempre daquele jeitinho meio desarrumado. Não tem como ser mais maravilhoso.

Depois, ele sorri, e mal consigo me aguentar. É o cara perfeito: charmoso, atencioso e compreensivo. Ele me conhece melhor do que ninguém. Não consigo imaginar minha vida sem o Alex. É difícil acreditar que já vivi sem ele. Não sei o que vai acontecer quando nos formarmos. Não é que vamos nos separar logo que as aulas acabarem, mas os relacionamentos de escola não costumam sobreviver à faculdade. É isso que mais me preocupa em ir embora. Escola, amigos, isso não é nada comparado ao Alex, e eu desistiria de tudo num piscar de olhos para nunca perdê-lo. Mas não é assim que funciona.

Andamos de mãos dadas pelo caminho, dois jovens apaixonados em um passeio de outono. Para um observador, parecemos em paz, até mesmo idílicos, porém o que o observador não sabe é que metade do casal está uma pilha de nervos por dentro, com medo até de respirar para não perturbar o delicado equilíbrio do universo.

"Hanna?"

"Sim", respondo.

"Queria saber se você está bem. Está tão quieta", observa Alex.

Viu o que eu disse sobre ele ser o cara perfeito?

"Todos me odeiam", explico.

"Por todos, você quer dizer todo mundo do planeta?"

"Praticamente. Acho que pelo menos a escola toda."

"Bom, eu não odeio você", diz ele.

"Tudo bem, metade da escola não, mas a turma inteira me odeia."

"Você não acha que está exagerando?"

"Estão bravas por causa da lista, porque não foram consultadas. Não concordam com ela."

"E elas odeiam você por causa disso?"

"Ah, talvez não todas elas, mas a Sheila com certeza. A Sheila me odeia."

"Sheila Trust?", zomba Alex. "Você está chateada por causa do que a Sheila Trust pensa?" Alex odeia Sheila, e o sentimento é mútuo. Na cabeça da Sheila, parece que ele não é o cara certo para eu namorar. Ele estraga a minha imagem, ou alguma coisa assim. Enfim, Alex tem razão sobre eu ficar chateada por causa disso. É besteira.

"Não é só isso", explico. "Estou preocupada, sabe. Com o fim do da escola."

"De novo? Você não pode ficar triste por causa disso, não dá. É o nosso último ano. O melhor de todos. O ano inteiro é como uma grande festa, e ninguém sabe fazer uma festa como a Hanna."

"Falando nisso, na minha festa de Halloween você gostaria de ser o Peter Pan da minha Sininho?"

"Só se a gente puder ficar pra sempre na Terra do Nunca."

Eu queria que esse lugar existisse. Queria que fosse aqui, agora. Quero viver este momento para sempre, aqui com o Alex, caminhando pela sombra do colégio. Quero ficar aqui para sempre, neste nosso último ano do ensino médio, o melhor ano de nossas vidas. Não quero crescer. Não quero que nada disso mude.

OLIVIA

Não estou com minha fantasia de Halloween, embora esteja terrivelmente parecida com a minha tia Dee neste lenço florido e nestes óculos escuros ridiculamente grandes. Isso tudo é mesmo necessário? Provavelmente não, mas, quando Alex me pediu para encontrá-lo na biblioteca, disse que queria manter as coisas em segredo, seja lá que coisas eram essas. Não se preocupou em me contar por que queria me encontrar ali, e só posso supor que tenha a ver com a grande festa de hoje à noite, mas não consigo imaginar o que Alex Journer poderia ter para me dizer sobre a festa da Hanna. Muito menos em segredo.

Vejo seu corpo magricelo atravessar a biblioteca. É difícil acreditar que esse menino namore a garota mais popular da escola. Parece um coitado como qualquer outro. Não que eu acredite em estereótipos, porque não acredito, mas, entre todos os caras que a Hanna poderia escolher, é estranho que tenha escolhido Alex. Tudo bem, já acho difícil entender como qualquer garota da escola poderia escolher qualquer um que não fosse o Gabriel.

"Olivia?", diz Alex, ofegante, como se tivesse corrido até ali.

"Ótimo, o meu disfarce é tão bom que você nem me reconheceu", respondo.

Ele faz um barulho estranho com a boca e percebo que é um tipo de risada monossilábica. Imagino Alex algumas décadas adiante, um velho nojento que passa seus dias na biblioteca vendo as garotas do ensino médio, soltando risadas macabras. Se alguém tivesse coragem de iniciar uma conversa, ficaria entediado com as histórias de seus tempos de glória, sobre namorar a garota mais popular do colégio, sobre como a perdeu quando ela encontrou alguém melhor, ou foi para a faculdade, ou simplesmente decidiu que seu namorado seria um velho nojento algum dia.

Alex puxa uma cadeira do outro lado da mesa e senta-se na minha frente. Parece desconfortável, esfregando as mãos, depois colocando-as sobre a mesa e voltando a esfregá-las, enquanto cruza e descruza as pernas e bate o pé no chão.

Quero que ele pergunte se acho isso irritante para que eu possa responder que sim em alto e bom som. Mas, em vez disso, Alex diz: "Estou preocupado com a Hanna."

Imagino se minha divagação era algum tipo de pressentimento e se Alex, de alguma forma, percebe que seu relacionamento com a Garota Perfeita é apenas um golpe de sorte. Será que ele me procurou como confidente na esperança de que eu pudesse ter uma conversa honesta com a Hanna, um daqueles momentos cinematográficos em que abrimos nossos corações uma para a outra? Talvez, por conhecer a Hanna tão bem, ele não perceba que eu não tenho uma relação assim com ela. Hanna simplesmente não é esse tipo de pessoa, e talvez eu também não seja.

"Ela acha que vocês a odeiam", explica ele. "A turma."

"Não a odeio", digo. Mas demoro para responder, como se precisasse pensar sobre isso, o que fiz, porém espero que Alex não entenda dessa forma.

"Ela está preocupada com a formatura", acrescenta Alex.

"Tem medo de tropeçar no vestido e cair?"

"Não quer que o ensino médio acabe."

"Sempre achei que ela fosse uma masoquista enrustida."

Alex me repreende com seus olhos escuros e sérios. Noto que suas sobrancelhas são grandes demais, quase peludas. Ele precisa dar um jeito nisso, senão vai acabar virando um daqueles velhos nojentos com sobrancelhas peludas. Ele tenta manter a pose de sério e parece insatisfeito por eu não ver as coisas da maneira como ele as vê. O problema de pessoas como o Alex é que elas sempre lidam com as coisas como se fossem algum evento dramático e decisivo, quando, na verdade, a maioria não é tão importante assim.

Ele está preocupado com a Hanna? Ela é a última pessoa no mundo com quem alguém precisa se preocupar. Tem tudo. É a pessoa mais influente que já conheci. Ui, grande coisa, a Hanna está triste porque o ensino médio vai acabar! Pela minha experiência, ela estar triste com o fim do ensino médio só quer dizer que vai encontrar um jeito de resolver a situação. De uma forma ou de outra, vai dar um jeito de o ensino médio não terminar, ou de continuar levando para sempre o estilo de vida de que tanto gosta. Não espero que Alex entenda tudo isso. Ele a conhece há poucos anos. Mas se eles ficarem juntos por tempo suficiente, verá como não faz sentido se preocupar com a Hanna; porque, não importa o que ela queira, encontrará um jeito de conseguir.

Nós, sim, que somos dignas de pena, pois o fim do ensino médio significa o fim da turma, e, para suas integrantes, isso significa o fim dos poderes aparentemente divinos de Hanna sobre nossas vidas. Querendo ou não, fomos mimadas por muito tempo, algumas mais que outras.

Quando tudo isso acabar, estaremos sozinhas, enfrentando o mundo sem poderes especiais para nos ajudar no caminho. Isso é algo para se preocupar.

Por mais que eu sempre tenha sonhado em ser alguém além de uma subordinada da Hanna, nunca consegui imaginar minha vida longe de sua influência. O que acontece depois do ensino médio? Não sei. Não posso imaginar o que vai acontecer, como vai ser. Faculdade? Se eu for para uma faculdade diferente da da Hanna, o que é muito provável que aconteça, como vou sobreviver? Desde o jardim de infância, não sei o que é um ambiente escolar sem a Hanna. Desde o jardim de infância, nunca fui nada além da melhor amiga de Hanna Best.

"Ela pode não falar muito sobre o assunto", continua Alex, "mas isso a está consumindo."

"Você não acha que isso pode ser uma transferência?", pergunto. "Não acha que talvez seja *você* quem esteja com medo de terminar o ensino médio e perder a melhor coisa que já aconteceu na sua vida?"

"O que você quer dizer com isso?" Acho que, no começo, ele ficou bravo comigo por afirmar que a Hanna era a melhor coisa que já havia acontecido em sua vida patética, mas ele mesmo parece querer admitir que isso é verdade. "Você acha que, só porque a gente não vai estudar na mesma faculdade, a gente vai se separar?"

"Talvez não agora, mas a Hanna é uma pessoa proativa. Quando estiver na hora de seguir em frente, é isso que ela vai fazer. Totalmente. Vai deixar a gente comendo poeira. Você sabe disso, não sabe?"

"Você, não", responde ele, olhando para a mesa. Parece muito triste, como um menininho amuado. Talvez eu não devesse ter dito nada, mesmo que fosse verdade.

"Tenho de ir andando", anuncio. "Ainda não arrumei minha fantasia pra hoje à noite."

"Minha mãe tingiu meu jeans de verde", diz ele. Do que será que ele vai fantasiado? De aspargo gigante?

"Ei, Alex", digo, num tom casual forçado, enquanto junto minhas coisas. "Você conhece o Gabriel Avenale?"

A pergunta o deixa mais à vontade, ou pelo menos faz com que ele olhe para mim.

"Ele joga futebol", responde.

"É, eu sei. Só estava querendo saber se você o conhecia."

Aí já estou forçando a barra. Alex é solitário por natureza e, se ele anda com outros meninos, com certeza não são do tipo do Gabriel.

"Por quê?", pergunta, parecendo nervoso, até mesmo magoado. Com certeza, toquei num ponto delicado. O Gabriel deve ter chutado areia na cara dele no primeiro ano do ensino médio ou dado um cuecão nele, ou alguma dessas idiotices de meninos.

"Bem, você sabe que ele entrou na lista de convidados, e eu queria saber que tipo de cara ele é. Ele parece bem legal, sabe."

"Ele não é legal", interrompe Alex. "Não é nem um pouco legal."

Ok, com certeza tem algum ressentimento guardado aí; talvez tenham sido muitos cuecões...

"Certo. Bom, então tá. Vejo você depois."

Começo a ir embora, mas Alex diz: "Ei, qual vai ser a sua fantasia?"

"Pensei em ir de adolescente problemática ou talvez de zumbi."

Sheila

Os Trust sempre foram uma família respeitável de classe média alta, e, quando vivíamos em uma cidade com clube de campo, estávamos, é claro, entre seus membros mais distintos. Mas, em uma cidade como Fidelity, que está um pouco abaixo do nosso nível, não tivemos o luxo de pertencer a nenhum clube social e precisamos nos contentar com as recreações do povo local, tais como são. Digo tudo isso para que você entenda o meu ponto de vista. Digamos que as festas da Hanna sejam ocasiões simples que, com uma atitude positiva, podem ser divertidas, porém estão longe de ser o tipo de evento social que traz lembranças agradáveis.

Quando me tornei amiga da Hanna e entrei em seu eclético círculo de amizades, implorava para que ela me deixasse cuidar dos preparativos das festas. Tenho experiência nessa área e sei que poderia organizar um evento anos-luz à frente de qualquer coisa que a juventude dessa cidade já viu. Mas a Hanna é cheia de manias e teima que sabe fazer uma festa. Então, nossa função como fiéis assistentes da Hanna é ir à casa dela algumas horas antes para ajudar a empurrar os móveis e decorar a sala.

Todas viemos fantasiadas; bem, quer dizer, as que têm o mínimo de senso de humor. Vesti-me dos pés à cabeça como a Bruxa Boa do Norte, da Terra de Oz, e posso dizer que estou absolutamente deslumbrante. Patrícia, coitada, fez o que podia com uma peruca loira trançada com um laço dourado e um vestido medieval curto demais para o seu corpo sem curvas. Ela é a Rapunzel ou a Guinevere, não sei exatamente qual delas, e, sinceramente, duvido que ela saiba. Gilda foi de bruxa (que original!) e, para falar a verdade, não está muito diferente do que o costume, com exceção do chapéu pontudo e da verruga grudada no nariz. Olivia não está fantasiada, mas diz que é um zumbi. Quanto à Sua Alteza, ela está trancada no banheiro se arrumando desde que chegamos.

"O que é isto?", pergunto, tirando dois pacotes da sacola com coisas para a festa. Foi um grande erro deixar Gilda encarregada de comprar a decoração.

"São bandeirinhas", explica Gilda. "Pra pendurar no teto e tal."

"Eu sei, mas cadê o laranja? Todo mundo sabe que as cores do Halloween são preto e laranja." Os pacotes contêm um rolo de papel crepom preto e um roxo.

"Mas preto e laranja não são as cores do Colégio St. Paul?", pergunta Patrícia.

"Isso não tem nada a ver com espírito escolar", explico. "Estamos falando de Halloween."

"Pra mim, o roxo é a cor do Halloween tanto quanto o laranja", opina Olivia.

"Bem, ninguém perguntou pra você", digo. "E, francamente, não vou aceitar conselhos de Halloween de alguém que nem se deu ao trabalho de vestir uma fantasia."

"Sou um zumbi", explica Olivia.

"Se você disser isso mais uma vez, vou derramar o jarro de ponche na sua cabeça, juro por Deus", ameaço.

As pessoas simplesmente não fazem ideia do que tenho de aturar dessas idiotas.

"Pelo menos não vim fantasiada de bruxa do Carnaval", diz Olivia. "Parece que uma loja de lantejoulas explodiu em você."

"Tá bom, tá bom, tenho de admitir...", retruco. "Sua fantasia vai ser a mais assustadora da festa."

"Hum, alguém quer me ajudar a pendurar as bandeirinhas?", pede Gilda.

É claro, o negócio todo é um desastre. A decoração está um lixo. Não há comida suficiente, e o que tem mal parece comestível. Pelo menos eu passei em uma padaria para comprar uns biscoitos de Halloween; todo o resto parece uma quermesse de igreja. Ainda por cima, é claro, tudo está pronto e decorado, os convidados estão prestes a chegar a qualquer momento, e a Hanna ainda nem saiu do banheiro.

"Acho que alguém deveria ir dar uma olhada", diz Patrícia. "Ela pode estar passando mal."

"Vou lançar um feitiço de melhoras", acrescenta Gilda, começando a dançar pela sala e a cantarolar algo que só pode ser um verdadeiro feitiço Wicca. Ninguém mais parece alarmado por ela conhecer um cântico estranho, como se não houvesse nada de bizarro nesse comportamento.

"Chega!", grito, e, nesse exato instante, Hanna entra na sala.

Está linda; não é difícil entender por que levou tanto tempo para se arrumar. Seu vestidinho curto lhe cai perfeitamente, e suas lindas asas parecem ter saído de um show da Broadway. Deve ter comprado em uma loja de fantasias. Cobriu seus braços e suas pernas com purpurina, e seus cabelos, cacheados, também brilham sob a luz da sala. A maquiagem é perfeita, e não posso deixar de reparar em como sua fantasia de anjo e minha fantasia de Bruxa Boa do Norte combinam perfeitamente. Não é à toa que dizem que grandes mentes pensam de forma parecida. Hanna e eu somos especiais.

"Olivia", diz Hanna, "a fantasia não é opcional."

"Sou um zumbi", responde Olivia.

Olho para o jarro de ponche, mas a campainha toca, deixando eu e Hanna incapazes de ensinar uma lição a Olivia.

Patrícia

Do quarto degrau, estou próxima o suficiente para ouvir o que acontece, mas afastada o bastante para analisar tudo como mera observadora. Queria ter trazido minha câmera, mas não encontrei um jeito de amarrá-la à minha fantasia. Hanna sempre faz as melhores festas. No ano que vem, quando eu estiver sozinha, vou ter de dar uma de anfitriã. Sei que minhas festas nunca serão tão boas quanto as da Hanna, mas, se forem ser pelo menos metade do que são as festas dela, já ficarei feliz.

A música não para – uma coletânea de faixas, algumas de Halloween, outras não, que Hanna escolheu especialmente para a festa. Alguns convidados dançam na sala, de onde grande parte dos móveis foi removida. Alex está no meio da dança, rindo e se divertindo. Está vestido, acho eu, de Robin Hood, e até que não é feio, principalmente quando sorri. Ele é bonitinho, longe de ser um galã típico de Hollywood, daquele tipo "vizinho ajeitado". Quer dizer, não é que eu esteja a fim dele nem nada – bem, talvez só um pouquinho. É só que eu entendo por que a Hanna é tão louca por ele. Se eu tivesse um namorado com um pouco da beleza e da simpatia de Alex, estaria feliz.

Se eu tivesse um namorado, estaria feliz.

"Pare de se esconder, venha aproveitar a festa!" É Olivia, com sua fantasia de não fantasiada. Ela e um garoto do segundo ano chamado Frank Alguma Coisa foram as únicas pessoas que tiveram coragem de aparecer sem ao menos uma tentativa de fantasia.

"Eu só estava observando", digo, percebendo que continuo olhando para o Alex no meio da pista improvisada. Olivia segue meu olhar e fico vermelha, mas acho que ela não percebe.

"Quem é o gorila?", pergunta ela, apontando para uma figura fantasiada que ensaia uma dança estranha.

"Não sei", respondo. "Ainda não o vi sem a máscara."

Ela desce as escadas e observo enquanto se aproxima da pista de dança, passa pelo dançante e sorridente Alex, em direção ao gorila, mas este dá meia-volta e vai embora. Decido que talvez seja um bom momento para descer e aproveitar a festa, como diz Olivia.

Gilda

Para nós que estamos à margem da sociedade, o Halloween é a melhor das comemorações. É o único dia do ano em que parecemos pessoas normais. Fantasias libertam as pessoas, e a festa anual de Halloween da Hanna é sempre a melhor de suas festas. As pessoas são muito mais divertidas quando estão desinibidas. Quando vestem uma máscara, fazem coisas que normalmente não fariam.

O porão da Hanna se tornou a sala de jogos das festividades de hoje. Sasha Baker, que veio vestida de coelhinha da Playboy, está no centro de uma versão modificada do Pregue o Rabo no Burro. Seu traseiro serve como alvo, e os garotos se enfileiram para tentar acertar o rabo da coelha no alvo certo. É tudo muito engraçado, e a quantidade de álcool envolvida é tão mínima que chega a dar esperança em relação a essa nova geração. Estou sentada no sofá, divertindo-me com a cena, quando o gorila aparece e, de repente, por algum motivo, sinto-me desconfortável.

Não consigo me lembrar de ter tido algum trauma de infância envolvendo gorilas, mas talvez tenha havido algum dia ruim no zoológico que eu bloqueei da minha memória consciente. Essa seria a única explicação para me sentir desconfortável com a criatura fantasiada. Não sei quem é – um garoto, imagino, porque fantasias de gorilas não são o tipo de coisa que meninas costumam usar. Mas, como o gorila não falou nada nem tirou sua máscara, não sei quem ele é.

Não que tirar a máscara necessariamente esclarecesse as coisas. É verdade, vivo em meu próprio mundo e não fico ligada em quem é quem em Fidelity High. Se eu realmente precisar descobrir a identidade de alguém, é só consultar a Sheila para ela me dar nome, endereço, cor favorita e o que a pessoa come no café da manhã. Por mais irritante que ela seja, é bom tê-la por perto de vez em quando.

Sei que é só um de meus colegas em uma fantasia de gorila, e tudo que eu tenho de fazer é ir até ele, descobrir quem é e perceber que essa coisa de me sentir incomodada, talvez até um pouco assustada, é uma sensação ridícula. Então, levanto-me e estou prestes a me aproximar do gorila, quando alguém segura o meu ombro. Enquanto o gorila se afasta, a mão aperta ainda mais. Viro-me para encontrar Sheila Trust e suas unhas esmaltadas cravadas no ombro de meu vestido preto.

"Preciso falar com você", murmura ela.

"Me dê cinco minutos", digo, vendo as pernas peludas subirem as escadas do porão.

"Não. Agora. É urgente."

"Tá bom, fale logo." Percebo que terei de deixar a conversa com o gorila para depois. "E solte o meu ombro."

"Não aqui, em algum lugar escondido. No banheiro."

O banheiro do porão é uma saleta que mal acomoda uma pessoa. Nós duas ficamos ridiculamente amontoadas lá dentro.

"Tenho minhas dúvidas sobre a relevância disso", digo.

"Você sabia que tem alguém que não deveria estar aqui?", pergunta ela.

"Sou eu. Estou indo embora. Não consigo respirar aqui dentro, sério."

"Pare de gracinha. Contei cabeça por cabeça, e tem uma pessoa a mais nesta festa."

"Você contou as pessoas? Nossa, Sheila, é uma festa. Você deveria estar se divertindo!"

"Senti uma coisa estranha. Aí resolvi investigar."

Penso no gorila. Será que ele também estava olhando para ela?

"Tá bom, então quem é a pessoa que está sobrando?"

"É difícil dizer. Não sei quem é quem nessas fantasias, mas com certeza tem alguém na festa que não estava na lista."

"Talvez alguém tenha vindo acompanhado", sugiro, "um calouro ou alguém que não sabia das regras."

Pessoalmente, odeio as regras da lista de convidados. Não sei por que a Hanna tem de ser tão restritiva. Tudo bem, sei que essa é a casa da mãe dela, e ela não quer perder o controle e destruir a casa, mas, mesmo assim, deixar pessoas de fora parece muito injusto. Parece um clube de esnobes, embora, graças a Deus, seja a Hanna quem faça a lista, e ela saiba escolher as pessoas certas. Se a Sheila estivesse no comando, posso até imaginar os idiotas populares e superficiais que ela juntaria. Se a Sheila fizesse a lista, eu provavelmente não estaria aqui.

"Acho que é melhor você checar a identidade de cada um", digo, brincando.

"Até pensei nisso, mas notei que muitas garotas vieram sem bolsa, por isso não devem ter trazido a carteira de identidade."

"Isso é tão importante assim? E daí que tem uma pessoa a mais aqui? Ele ou ela não está causando nenhum tipo de problema, certo? A festa está ótima. Então, que se dane."

"Alguém não deveria estar aqui. Não é justo! Por que essa pessoa deveria se divertir? Ela não foi convidada."

"Tá, claro." Não consigo respirar.

Saio do banheiro, e Tyler Pittman, que acaba de ser coroado o vencedor do Pregue o Rabo no Burro, pisca para mim.

"Ei", diz ele, "sou o vencedor e posso ser o primeiro a brincar de Cinco Minutos no Armário, o que você me diz?"

"Valeu, mas já tenho outra macacada pra resolver", respondo, subindo as escadas.

Hanna

Dentro da casa, a festa continua a todo vapor, e todos se divertem. Fico no terraço, ouvindo o som de felicidade que emana da sala, sabendo que sou responsável por isso. É uma sensação boa. Quero que todas as minhas festas deste ano sejam perfeitas, e por enquanto estou indo bem. Mas não consigo deixar de imaginar que é uma festa a menos. Quando eu menos esperar, estarei planejando a grande festa de despedida do colégio.

"Aí está você..." Viro-me e vejo Alex vindo ao terraço. "Bem, você se superou mais uma vez."

"A festa está boa mesmo, né?"

"Fantástica", responde ele. "O que me leva à pergunta: por que você não está aproveitando?"

"Eu só precisava tomar um pouco de ar." Olho para o céu, que está limpo, e as estrelas brilham sobre nós.

"É uma noite bonita", continua ele. "Na verdade, é a noite perfeita pra dançar sob as estrelas."

Ele estende a mão e eu a seguro, tão quente, tão acolhedora. Eu o amo, mas é difícil quando você ama tanto alguém que tem medo de perdê-lo. Dançamos sob as estrelas, no terraço, primeiro uma canção que Alex cantarola, e depois uma música que vem da casa.

Quando a dança acaba, sentamos bem juntinhos no cimento gelado do terraço. Envolvida pelos braços de Alex, não sinto tanto frio, embora esteja usando apenas um vestidinho.

"Agora, linda", diz ele, "você não continua preocupada com o fim do ensino médio e com ser odiada por todo mundo, né?"

"Eu ainda queria que esta fosse a Terra do Nunca..."

"Bem, e quem não queria?" Ele me beija carinhosamente atrás da orelha, e um arrepio percorre todo o meu corpo, mas continuo sem sentir frio.

"A Sheila me disse que tem uma pessoa a mais aqui. Pelo jeito, ela anda contando as pessoas", digo.

"Contando as pessoas? Qual é o problema dela?"

"Ela disse que teve uma sensação estranha. Então, contou e viu que havia uma pessoa a mais."

"A Sheila não pegou recuperação em Matemática no ano passado?", pergunta Alex.

"É, mas não estamos falando de Álgebra, estamos falando do tipo de soma que você aprende no jardim de infância."

"Eu não confiaria na Sheila nem pra contar seus próprios dedos."

Dou risada, ainda que seja maldade.

"A gente não checa as pessoas na porta, mas talvez fosse uma boa ideia."

"Hanna, isso é uma festa. Mesmo que tivesse uma pessoa a mais aqui, o que, sinceramente, duvido, eu levaria isso como um elogio. É óbvio que todo mundo sabe qual é o melhor lugar da cidade num sábado à noite. Não sei por que você se preocupa tanto com o que a Sheila pensa. Ela é um demônio."

"Na verdade, ela é a Bruxa Boa do Norte. Tom Leahy é o demônio. Com todas essas fantasias, qualquer um poderia estar aqui. Por exemplo, quem é que está com aquela fantasia de gorila?"

Alex me solta, e toda a frieza da noite me atinge na forma de uma leve brisa que penetra pelos meus ossos. Abraço os joelhos, mas não consigo parar de tremer.

"Aquele é o Gabriel", explica Alex. "Ele está na lista."

"É, você tem razão, ele está", respondo. Estou um pouco chocada; Alex costuma ser meio distraído sobre quem está ou não na lista. "Acho que vou entrar. Estou congelando aqui fora."

"É", concorda ele. Mas não vai logo atrás de mim.

OLIVIA

O gorila me levou a uma perseguição interminável, e é possível que eu tivesse passado o restante da noite atrás dele. Com certeza, não teria nem notado o Gabriel na cozinha se não houvesse trombado nele. Em sua fantasia de leopardo, com metade do peito nu, era incrível que eu não o tivesse percebido.

"Gabriel", digo, surpresa, completamente envergonhada por ter feito papel de idiota e esbarrado nele.

"Mim Tarzan", ele me corrige.

"Ah, é claro", respondo. "Bobeira minha não ter reparado. Por acaso um de seus amigos macacos passou por aqui alguns segundos atrás?"

"Todo mundo fica me perguntando isso, mas não sei quem é o gorila. Aliás, a festa está demais."

"É, estou gostando", concordo, acrescentando mentalmente que, para mim, ela melhorou cem por cento nos últimos segundos.

"Hum, não sei se você se interessa por esportes, mas o time de futebol está indo muito bem este ano", diz Gabriel. "Na verdade, chegamos às finais do campeonato. Se você não for fazer nada no próximo fim de semana, poderia ir torcer pela gente. Ah, e leva muitas amigas, porque a gente vai jogar contra o St. Paul e vai precisar de bastante apoio."

"Claro, parece legal."

"Bom, na verdade é só ficar sentada vendo um monte de caras correndo de um lado para o outro, mas, quem sabe, talvez a gente ganhe."

Não consigo imaginar uma maneira melhor de passar meu tempo do que ver Gabriel correndo de um lado ao outro do gramado. Seus olhos são azuis-esverdeados, e começo a me sentir quente e meio tonta olhando para eles. Quero dizer algo, qualquer coisa para continuar a conversa, mas não consigo pensar em nada inteligente. Simplesmente não consigo pensar. É como se, só de ficar perto do Gabriel, ele emanasse essas vibrações que embaralham todos os meus pensamentos.

"Então, hã...", começo, não muito inteligente.

"Ei, Gabriel! Pare de paquerar e venha pra pista!"

Nós dois olhamos. Diana Lukowski está no corredor com a mão na cintura, como se esperasse por ele. O pânico toma conta de mim. Eles estão juntos? Eu achava que não, mas os romances do ensino médio vêm e vão tão rapidamente que é difícil para os apáticos se manterem informados. Diana anda até ele, pega em seu braço e o arrasta junto dela, enquanto ele se vira para mim, dando de ombros e parecendo se desculpar, mas, na minha opinião, isso não é suficiente.

Diana Lukowski? Se eles forem realmente um casal, ele é um imbecil. Ela é uma nojentinha insolente. Se é esse o tipo de garota por quem ele se interessa, estou ferrada. Mas ele me convidou para o jogo de futebol. Isso deve querer dizer alguma coisa, não é? Só que ele me pediu para levar muitas amigas, o que não conta exatamente como um momento íntimo e romântico. Sim, e ele também disse que precisava de bastante torcida. Então, é claro, se você precisasse de uma boa torcida, não pediria à melhor amiga da garota mais popular da escola para levar todas as amigas que pudesse? É claro, se você se desse ao trabalho de conhecer aquela garota, poderia perceber que ela não faz amizade com todo mundo, que não se comporta como as Sheila Trusts da vida, que usam sua popularidade para atrair pessoas como uma lâmpada faz com mariposas. Na verdade, se você se desse ao trabalho de conhecer essa garota, em vez de balançar seu corpinho na pista com Diana Lukowski, talvez percebesse que ela tem exatamente quatro amigas, e uma delas é Sheila Trust, uma garota que mal pode suportar.

"Olivia, aí está você, te procurei por toda parte", diz Sheila, agarrando meu braço como se estivesse pendurada à beira de um penhasco.

"Solte o meu braço."

"Não seja tão sensível", retruca Sheila, me soltando.

"É você quem fica segurando os outros."

"Tanto faz. Você viu minha anjinha favorita por aí?"

"Quem diabos é a sua anjinha favorita?"

"Hanna, é claro!" Sheila solta o ar exageradamente pelo nariz para mostrar sua irritação, mas parece mais o barulho de um porco frustrado.

"Desde quando ela virou uma mensageira do paraíso?"

"A fantasia de Halloween, sua anta!"

Adoro quando a Sheila me chama de anta, porque sabe que a idiota é ela. Graças a mim, isso acontece bastante.

"Ela está vestida de Sininho. Alex é o Peter Pan", informo.

"Tá. Tanto faz. Só responde a droga da minha pergunta."

"Faz um tempo que não a vejo."

"Não consigo encontrá-la", diz Sheila. "Por acaso você tem uma cópia da lista de convidados?"

"Ah, claro, bem aqui no meu bolso."

"Ainda bem!" Sheila estende a mão, ansiosa, enquanto viro os olhos. "Dê aqui."

"Eu estava sendo irônica. Não tenho uma cópia da lista. Nunca tive uma cópia de nenhuma lista e, parando pra pensar bem, nunca tive motivo pra ter uma cópia de lista nenhuma, jamais."

"Sabe, é óbvio pelo jeito que você está vestida que você nem queria estar aqui. Então por que você não faz um favor a todos nós e vai embora?"

O que eu disse antes sobre ter apenas quatro amigas e uma delas ser a Sheila? Deixe-me fazer uma correção. O que eu quis dizer é que tenho apenas três amigas.

"Devo bater o meu salto três vezes, Bruxa Boa do Norte?", pergunto.

"Não, só vá tomar naquele lugar."

Você já conheceu alguém que parece ter sido colocado neste planeta só para fazer da sua vida um inferno? Essa é a Sheila. Mesmo que aprendesse a calar a boca e agir como um ser humano normal, ainda teria aquela cara de Sheila, e isso é suficiente para revirar meu estômago. Não sei por que a Hanna não pode simplesmente excomungá-la. Ela só serve para espalhar fofocas, e, como não ligo muito para isso, na minha opinião ela não tem muita utilidade.

Correção. Quase nunca ligo para fofocas.

"Ei, você sabe se está rolando alguma coisa entre a Diana e o Gabriel?", pergunto.

"Você sempre tem de dar a última palavra?"

"É sério."

"Ah, poupe-me, a Diana é louca pelo Gabriel desde o jardim de infância", explica Sheila.

"Você não vivia aqui na época do jardim de infância."

"E você vivia. Por isso é tão deprimente que esteja me perguntando isso. E aí, o que aconteceu? Eles estavam se pegando no sofá? Quero todos os detalhes!"

"Estavam dançando", respondo.

"E?"

"E a Diana estava tão bêbada que se mijou na pista de dança e o Gabriel teve de levá-la ao banheiro pra ela se limpar."

"Não acredito!"

"Vi com meus próprios olhos."

"Ai, meu Deus!"

De repente, Sheila tem um assunto muito importante para resolver na outra sala. Tenho certeza de que todos na escola terão ouvido a história sobre o acidente de Diana na primeira aula de segunda-feira. Se eu tiver sorte, ela não estará na próxima lista de convidados.

Sheila

Não existe nada mais deprimente que fim de festa. Isso é inevitável para uma anfitriã, então acho que deve ser melhor apenas frequentar as festas. Uma hora depois que o último convidado foi embora, ainda estávamos catando pratos descartáveis e guardanapos escondidos pela casa como se fossem ovos de Páscoa. Sinceramente, as pessoas são umas porcas. Pelo menos agora estava quase acabando. Gilda se debruçava sobre a pia, esfregando tudo o que precisava ser esfregado, e Olivia já tinha tirado o aspirador de pó do armário.

"Eu achei que a festa foi ótima", diz Patrícia. "Todo mundo parece ter se divertido."

"As pessoas vão para uma festa esperando se divertir", explico. "Tirando algumas circunstâncias realmente trágicas, é fato que elas vão se divertir. Isso não garante que a festa tenha sido realmente boa."

"Então, o que garante?", pergunta Patrícia.

"Sim, Sheila, explique pra gente, o que torna uma festa realmente boa, além de as pessoas se divertirem?"

Hanna havia entrado na sala, silenciosa como um gato, e mais uma vez me flagrara em uma afirmação comprometedora.

"As pessoas quase sempre se divertem nas festas", respondo. "O que separa uma festa boa de uma normal é que quando ela é boa as pessoas ainda se lembram e falam dela por muitos e muitos anos."

"Você continua lendo os livros de etiqueta da Emily Post?", pergunta Hanna. "Sheila, a gente está no ensino médio. Nem toda festa precisa ser como os bailes de gala na Mansão do Gatsby."

"Aquele menino que é filho do cara que fez fortunas com a internet?", pergunta Patrícia.

"Você está falando do Brian Desai", informo. "Que, aliás, Hanna, deveria ser considerado pra próxima lista de convidados. Ele tem muito mais a ver do que algumas pessoas que vieram hoje."

"Gatsby é a personagem de um romance", diz Hanna, "que ganhou muito dinheiro, assim como o pai do Brian Desai, e depois descobriu que o dinheiro não compra amor nem felicidade."

Acho que o comentário foi uma indireta para mim, mas nem ligo. Ela está realmente me subestimando se pensa que pode me atingir tão facilmente. Hanna é, digamos assim, sensível quando se trata de dinheiro. Não que more num barraco, mas essa casa é o que um corretor descreveria como "bonitinha". Não estamos falando de alguém acostumada a uma vida boa. Tenho muito mais dinheiro do que ela, aliás, mais do que qualquer uma da turma, e acho que isso às vezes é um ponto delicado. Apesar de eu ter generosamente me oferecido para dar as festas, para usar os contatos que tenho por meio de meus pais, para dividir minha riqueza, sempre fui recusada. Seria ridículo alguém não gostar de mim por causa do meu dinheiro, mas sei que, às vezes, Hanna e Olivia têm dificuldades para aceitar nossas posições sociais diferentes.

Odeio ouvir frases burras e batidas como "o dinheiro não compra felicidade". Bem, é claro que você não pode entrar em uma loja e pegar um saco de cinco quilos de felicidade, mas, se pensar metaforicamente, dinheiro compra felicidade, sim. O dinheiro é o que paga o teto sobre nossas cabeças e as roupas que vestimos. É com dinheiro que compramos toda a nossa comida. Se não tivéssemos dinheiro, estaríamos desabrigados, nus e famintos. Mas, com ele, estamos ótimos. Não é fácil ser feliz quando você não sabe se terá alimento na mesa para a próxima refeição. Dê uma olhada ao seu redor. As pessoas felizes do mundo não são as que têm problemas financeiros e esperam desesperadamente pelo próximo salário. Uma ova que dinheiro não compra felicidade.

"Já chega por hoje", diz Hanna. "Amanhã eu acabo de limpar."

"Não me importo em ficar", oferece Patrícia, um pouco puxa-saco demais para o meu gosto.

"Agora não, Patrícia", responde Hanna. "Preciso de você na cozinha. E você também, Shei."

Imagino-me ajudando a secar e guardar os pratos, no estilo linha de produção, mas, em vez disso, encontro a cozinha escura, acesa apenas pelas chamas laranja de algumas velas que foram colocadas sobre a mesa.

"Gilda, isso foi ideia sua?", pergunto. "Por acaso vamos convocar os espíritos?"

"Falando em espíritos", murmura Olivia, levantando a mão sobre a sobrancelha e apertando os olhos, "acho que vejo a forma decrépita e ouço a voz discordante do fantasma do Halloween... ou é a Sheila."

"Ha-ha", respondo, indiferente. "Sério, que diabos é isso?"

"Não olhem pra mim", diz Gilda. "Eu só estava lavando a louça."

"Eu acendi as velas", explica Hanna, juntando-se a nós em volta da mesa. "Em pouco tempo, todas seguiremos caminhos diferentes, mas sempre teremos isto, a melhor época de nossas vidas. Carregaremos a lembrança destes dias em nossos corações para sempre."

"Quando foi que isto aqui virou uma turma de mulherzinha?", pergunta Olivia.

"Olivia, não vou hesitar em pôr fogo na sua roupa idiota com uma destas velas", ameaça Hanna.

"Claro, continue. Vou carregar a lembrança da sua ameaça no meu coração."

"Vadia", digo.

"Eu só queria tirar um minuto pra reconhecer como este ano vai ser importante pra gente", continua Hanna, como se Olivia não tivesse estragado o momento. "Temos um número limitado de lembranças pra criar este ano, e precisamos lembrar de apreciar cada uma delas."

"Isso é lindo", concordo, mas na verdade acho tudo muito estranho. Não faz nenhum sentido. Para que toda essa baboseira? Ela não pode estar falando sério, pode? Tem de haver algum tipo de explicação.

Agora entendo. Toda essa palhaçada é por minha causa. Não sei como ela sabe, mas sabe. Talvez tenha me visto falando com a Débora e a Karen no começo da festa. Talvez algum boato tenha chegado aos seus ouvidos por meio de um dos muitos canais possíveis. De alguma forma, ela sabe que estou pronta para agir sozinha, para trilhar o meu caminho no mundo da popularidade. Em outras palavras, desafiá-la diretamente e exigir o trono. É ousado, descarado, até, quase uma traição, mas totalmente merecido.

Demorou, para falar a verdade. Fui absolutamente boa e leal à Hanna por três anos. Em vez de ser recompensada, sou tratada como lixo, ignorada. Certamente ela não me vê como sua equivalente, e isso é inaceitável. Só estou planejando exigir o respeito que é meu de direito.

Não contava que a Hanna descobrisse tão rápido, mas deveria ter percebido que ela tem suas fontes para saber qualquer coisa, pelo menos no que diz respeito aos alunos de Fidelity High School. Não me importo que ela saiba. Descobriria mais cedo ou mais tarde. Eu só esperava que fosse um pouco mais tarde, quando minha posição estivesse firmemente estabelecida, mas não importa.

Não vou me abalar com esse discurso ridículo sobre lembranças afetivas. Que bobagem. Se pensa que esse tipo de coisa vai me fazer ver tudo de outra forma, ela me subestimou seriamente. Mas ela sempre me subestimou, não é mesmo?

"Meninas, por favor, peguem uma vela cada uma", diz Hanna. Há cinco velas sobre a mesa, e cada uma de nós levanta a sua, segurando-a com cuidado para não derramar cera quente. "Juntas, nossas cinco velas vão acender a vela do meio, simbolizando nossa unidade. Muito bem, prontas?"

Imagino se ela vai fazer todo aquele ritual de preparar, apontar, fogo; mas parece que não.

"Ok, agora!" Nós cinco esticamos as velas, que agora derramam cera na mesa, em direção à vela alta do centro, onde nossas chamas se encontram e unem-se brevemente para acendê-la.

Trazemos as velas para trás e ficamos lá, segurando-as abaixo de nossos rostos, parecendo crianças contando histórias de terror em torno de uma fogueira. Exceto Patrícia, cuja vela se apagou. Bem, sempre achei ela meio apagadinha. Essa piada é ótima e eu gostaria de dizê-la em voz alta, entretanto, considerando os sentimentos atuais de Hanna em relação a mim, acho melhor não pôr mais lenha na fogueira, estragando seu momento sentimental.

"Droga", reclama Hanna, pegando um isqueiro do balcão para reacender a vela de Patrícia. Acho que eu teria simplesmente desistido desse momento "lembrança inesquecível", mas a Hanna é incansável. "Assim como esta vela do centro manterá nossa chama acesa muito depois de nossas velas se extinguirem, nossas memórias também continuarão vivas muito depois de nossos dias em Fidelity High School terminarem", continua. "Agora, meninas, apaguem suas velas."

Apagamos, e, mais uma vez, imagino se isso tudo não foi influência de Gilda. Todo esse ritual me cheira a bizarrice Wicca. Continuamos em pé, feito idiotas, observando a chama da vela central. "Nossa chama", que, na verdade, é apenas a chama de quem encostou a vela ali primeiro.

"Boa noite, meninas", diz Hanna.

"Você deveria desejar bons sonhos", explica Gilda, "porque são os sonhos que ajudam a gente a guardar nossas memórias."

"Boa noite e bons sonhos", corrige Hanna.

Ela nos acompanha até a porta como se fôssemos crianças. Talvez nos veja assim. A noite de outubro é fria, anunciando o inverno que não demora a chegar.

"Não se esqueça de apagar a vela", avisa Patrícia.

"Não", explica Hanna, "não vou apagar essa vela. Ela é especial. Precisa queimar sozinha."

"Tem certeza que é seguro?", pergunta Olivia.

"Completamente", diz Hanna.

Não consigo deixar de imaginar como seria maravilhosamente irônico se a vela que acendemos acabasse incendiando a casa de Hanna. Talvez fizesse mais sentido se eu tivesse sido a primeira a alcançar a vela, a única a acender o pavio. Seria assustadoramente apropriado. Metaforicamente, seria a minha chama destruindo a casa que a Hanna construiu.

Patrícia

Em noites como esta, não me importo em não ter carteira de motorista, em ter de caminhar até minha casa, que também não fica muito longe. Assim, tenho tempo para pensar, clarear minhas ideias. Mais dois meses e já posso tirar minha habilitação, mas não sei se vou fazer isso. Gosto de ter uma desculpa para sair a pé.

A cerimônia da Hanna não sai da minha cabeça. Sei que ela queria fazer algo simbólico para nos unificar, mas o negócio da vela ficou meio forçado. Não se pode simplesmente inventar uma tradição. Elas se constroem com o tempo. Posso estar errada, mas acho que ninguém se emocionou com o negócio da vela. Talvez a Sheila, mas é difícil dizer. Ela é uma falsa.

Outra coisa que não sai da minha cabeça – não posso evitar, o pessimismo é um velho amigo – é a possibilidade de que algum psicopata esteja escondido atrás de um desses arbustos, apenas esperando para pular e cortar minha garganta. Caminhando por uma rua escura e silenciosa, sinto-me como a garota de um filme de terror. Aquela a que o público está sempre avisando para não tomar todas aquelas decisões idiotas, tipo, sei lá, recusar a carona da amiga só para poder andar sozinha na noite escura e perigosa.

Mas é difícil se deixar abalar pela ínfima possibilidade de um maníaco homicida escondido na esquina quando o mundo real é tão assustador. Ensino médio. Popularidade. Esse é o tipo de coisa de que os pesadelos são feitos. Claro, acordei suando frio depois de sonhar com alguém tentando me matar, porém a questão é: com esses sonhos, eu geralmente posso voltar a dormir, porque percebo que são apenas sonhos e não tenho razão para ter medo. Os sonhos que realmente me perturbam são aqueles em que visto as roupas erradas, vou pelada para o colégio ou cometo algum tipo de deslize que coloca a escola inteira contra mim. Quando acordo de um desses sonhos, passo a noite toda me revirando, pois estão muito próximos da realidade.

Tudo bem para a Hanna e as outras meninas acenderem suas velas e falarem sobre como tudo está quase acabando, mas não está, pelo menos não para mim. Ainda tenho dois anos de escola pela frente, e isso parece uma eternidade.

"Oi." A voz salta da escuridão e interrompe meu devaneio. Estou tão assustada que nem me lembro de como gritar. Parece que também não consigo me mexer. Então, o dono da voz aparece. É Alex. Meu coração ainda bate muito forte e a adrenalina percorre todo o meu corpo.

"Alex", consigo dizer, com a voz trêmula. "Pensei que você tivesse ido pra casa horas atrás." Meu corpo em alerta começa a imaginar o que Alex estaria fazendo ali no meio da noite. Talvez ele seja um maníaco homicida. O pensamento é maluco, mas meu cérebro insiste em considerá-lo.

"Patrícia. Fui embora há horas, sim, mas não estava pronto pra ir pra casa. Estou aproveitando a noite, refletindo."

"É uma noite boa pra isso", concordo.

"Deixe-me acompanhar você até sua casa", oferece ele. "É muito tarde pra você estar aqui sozinha. Nunca se sabe quem pode aparecer."

"Tá bom", respondo, mais por educação do que outra coisa. Sei que meu tempo de contemplação silenciosa chegou ao fim. Não vou fazer mais nada além de ficar nervosa e desconfortável com um garoto presente, mesmo que esse garoto seja o namorado da Hanna.

"Não vi você muito hoje na festa", diz Alex.

"Eu estava lá", respondo.

"Cuidado. É esse tipo de frase que eles vão gravar na sua lápide."

O comentário parece desnecessariamente mórbido, e, mais uma vez, considero a hipótese do maníaco homicida. Nunca se sabe o que se passa pela cabeça de alguém. Além disso, Alex sempre foi meio deslocado, solitário.

"*Ela estava lá*", repete ele, movendo suas mãos como se visualizasse a tal lápide. "Às vezes, acho que você vive demais na sombra da Hanna. Ela intimida, acredite, eu sei, mas você tem de ser você mesma. Não é bom se deixar omitir."

"Caso você não tenha percebido, não sou o que se chamaria de 'borboleta social'", explico.

"Exatamente, e estou dizendo pra você não se esforçar tanto pra ser uma quando não é. Seja você mesma."

"Se eu fosse eu mesma, nunca andaria com as outras meninas da turma. Estaria, sei lá, tocando oboé numa banda, ou dissecando insetos pra me destacar no clube de Ciências, ou sei lá o que os socialmente incapacitados fazem. Se eu fosse eu mesma, minha vida seria completamente diferente."

"Até parece." A frase corta a noite, e ele não diz mais nada. Imagino se vai continuar falando. "Se for assim, não posso namorar a Hanna porque sou diferente dela? Essa é a maior burrice que já ouvi. Eu disse pra ser você mesma, Patrícia, não um estereótipo."

Ele está certo, e me sinto uma idiota. É como presumir que ele seja algum tipo de psicopata só porque não sai com os outros garotos do ensino médio e não age como um imbecil comum. É totalmente injusto presumir que haja algo errado com ele só porque é esperto o suficiente para perceber como esse negócio de ensino médio é bobo e inútil.

"Ei", diz Alex, "você notou como a Hanna está triste ultimamente? Por esse ser o último ano do ensino médio e tudo o mais?"

"A gente fez uma cerimônia com velas esta noite", respondo, e me arrependo imediatamente. A cerimônia devia ser uma coisa secreta e eu fui lá e contei para o Alex, que depois vai contar para a Hanna, que, por sua vez, vai ficar brava comigo. "Não sei por que ela ficaria triste com o fim do ensino médio. Ela vai seguir adiante pra coisas maiores e melhores. Sou eu quem vai ficar aqui sozinha. Até você está indo embora, Alex. Todos estão."

"Ah, não conte com isso", diz Alex. "E você não acha que muitas pessoas estão com inveja de você, que terá um ano a mais pela frente antes de sair e enfrentar esse mundo feio e assustador?"

Pergunto-me o que Alex quis dizer com isso. Está sugerindo que talvez ele não se forme? Ou está sugerindo que outra pessoa possa não se formar? Não consigo dizer ao certo, e não quero perguntar porque vou parecer uma idiota; é claro, estaria seguindo o conselho de Alex para ser eu mesma.

"Eu queria acabar logo o ensino médio", explico. "Queria que tivesse terminado antes de começar."

"Não é o que as garotas populares dizem."

"Não me estereotipe."

"*Touché.*"

Saímos da rua e chegamos à minha calçada.

"Lar, doce lar", murmura Alex.

"Obrigada", agradeço sinceramente, e, apesar de não esperar que ele saiba, e de não querer que saiba, estou agradecendo pela conversa tanto quanto pelo passeio. Deve ser a conversa mais longa que já tive com Alex e, para mim, com certeza a mais longa com qualquer membro do sexo oposto. Nossa caminhada e conversa me deixam com uma sensação quente na barriga.

Estou quase entrando em casa quando ele me chama.

"Nunca mude. Seja verdadeira com você mesma."

"Você também", respondo, suavemente. Esse negócio de conversar não é tão difícil. Eu deveria ter experimentado muito antes.

Gilda

Segundo o meu horóscopo, hoje é um dia quatro estrelas e terei uma conversa esclarecedora com alguém que tem um papel importante no meu destino. É um daqueles dias em que não me importo em ir à escola, porque, ao contrário dos outros dias, tudo parece possível. Tudo bem, sei que não deveria colocar tanta fé em uma coluna de Astrologia, mas tem alguma coisa nisso de estrelas e signos, por mais louco que pareça, e muitas vezes meu horóscopo parece acertar em cheio.

A primeira conversa do dia acaba não sendo muito esclarecedora. Vejo Olivia no corredor, a caminho da primeira aula, e a cumprimento com mais entusiasmo do que o normal, por conta de nossa cerimônia de velas algumas noites antes. Hanna realmente conquistou meu respeito perdendo seu tempo para fazer algo desse tipo. E sei que, para mim, isso realmente fortaleceu os laços que existem entre nós. Somos mais do que apenas amigas: somos como irmãs. Senti isso naquela noite, e ainda sinto.

Olivia interpreta minha simpatia como um convite para conversar, o que seria ok, mas tenho aula de História no primeiro horário e o Sr. James não tolera atrasos. Tive de ir mais de uma vez à diretoria para registrar atrasos por insistência dele, e não estou a fim de fazer isso de novo. Aliás, não sei ao certo qual é a cota de atrasos e se já atingi meu limite, mas tenho fortes suspeitas de que estou quase indo para a detenção, e estou ansiosa demais pelo meu dia quatro estrelas para estragá-lo. Bem, sempre existe a Hanna e sua habilidade mágica para me livrar da detenção, mas e se nem mesmo seus poderes forem suficientes para me salvar dessa vez?

"Desculpe, Olivia", digo, conseguindo despistá-la. "Eu realmente não posso falar agora."

Ela grita alguma coisa que me parece "Você gosta de futebol?", mas não faz muito sentido. Devo ter entendido errado.

"O quê?", grito de volta enquanto ando pelo corredor, porém estou muito longe e ela também não me ouve e tem preguiça de gritar uma resposta. Enquanto corro de volta para a sala, um esforço físico desnecessário, pois acabo me sentando trinta segundos antes de o sinal tocar, temo que essa tenha sido minha conversa esclarecedora do dia. Fico aborrecida por poder ter perdido tudo por causa de um severo professor de História, mas depois me parece improvável que Olivia fosse uma personagem importante no meu destino.

O restante da manhã é bem rotineiro, o que me faz imaginar se li o horóscopo certo. E se eu tivesse lido o signo errado por engano? E se o jornal errou e publicou hoje o horóscopo de amanhã? Este realmente não parece um dia quatro estrelas. Como que para provar isso, na hora do almoço, todas as folhas de alface do bufê de saladas estão murchas.

"Acho que vou ver as opções de pratos quentes", conclui Patrícia, enquanto reviro as folhas manchadas de alface.

"É sanduíche de presunto e queijo", respondo.

"Ah", diz ela, colocando alguns tomates-cereja borrachudos no prato.

Quando finalmente chegamos a nossa mesa, com alguns legumes estranhos no meu prato, como se eu estivesse fazendo uma daquelas dietas bizarras de Hollywood, Olivia ainda está falando de futebol. Os fortes laços que eu sentia por essas garotas já começam a enfraquecer.

"Vocês sabiam que Fidelity chegou às finais do campeonato?", pergunta Olivia. Hanna faz cara de suspeita, como se alguém estivesse se passando por Olivia.

"Aqui vai uma pergunta melhor", interrompe Sheila. "Alguém dá a mínima se Fidelity chegou às finais do campeonato?"

"Sheila, deixe de ser grossa", diz Hanna. "Mas sério, Liv, por que a gente se importaria com o campeonato de futebol?"

"Bem", explica Olivia, "é o time da escola, e isso é importante."

"Corrigindo", diz Sheila, "futebol americano é um esporte importante aqui nos Estados Unidos. Ninguém liga pra futebol."

"Exatamente", concorda Olivia. "Mais um motivo pra gente ir ao jogo e torcer pelo nosso time."

"Essa é uma boa ideia", apoia Hanna.

"Você só pode estar brincando, né?", diz Sheila.

"Ei, eles são nossos amigos e colegas", explica Hanna. "A gente devia estar lá pra torcer por eles. E vai ser divertido. Sabe, não fui a nenhuma partida de futebol desde que entrei no ensino médio."

"Esse deve ser um ótimo motivo", diz Sheila. "Quanto a eles serem nossos amigos, aposto que você não conseguiria dizer o nome de nenhum jogador do time de futebol."

"É claro que posso", responde Hanna. "Tem o..."

"Gabriel", interrompe Olivia.

"Isso mesmo, o Gabriel", concorda Hanna. "A fantasia dele de gorila não era um espanto?"

"Era ele que estava fantasiado de gorila?", pergunto.

"Gabriel era o Tarzan", corrige Olivia.

Então, Sheila diz: "Como se fosse preciso muita imaginação pra ir à loja de fantasias e alugar uma roupa de gorila. É tão criativo quanto jogar futebol. Você sabe como aquele jogo funciona? Eles só correm de um lado para o outro do campo, para a frente e para trás, chutando uma bola idiota. Quase nunca fazem gol. É tão entediante quanto ir fantasiado de gorila a uma festa de Halloween".

Quero perguntar se alguém sabe quem estava na fantasia de gorila, pois nunca descobri. Apesar de ter esquecido aquela sensação perturbadora, algo ainda me incomoda quando falam no gorila. O problema é que, antes de eu conseguir perguntar, a conversa já volta para o futebol e o jogo. Mais uma vez, fico imaginando se essa seria minha conversa esclarecedora do dia.

A conversa do almoço é tão entediante que saio mais cedo. O pequeno prato de legumes me dá uma boa desculpa, já que como tudo em menos de cinco minutos.

No caminho para as portas do fundo da escola, onde se lê *Apenas saída de emergência, se usada fará o alarme soar*, encontro Alex, que está ocupado fazendo pose de descolado no corredor. Não consigo deixar de pensar em como é mais fácil para o Alex parecer descolado namorando a Hanna do que seria se fosse apenas Alex Journer, sem nenhum contato com a realeza.

"Você está...", começa ele.

"Saindo no meio do dia em violação às regras da escola?", complemento. "Sim, estou, mas me pergunte se estou ligando."

"Na verdade, talvez eu vá com você. Preciso de um pouco de ar fresco."

"Fique à vontade."

Alex sempre me pareceu muito submisso para o meu gosto. Sei que você vai achar isso muito hipócrita da minha parte, mas com ele é diferente. Uma coisa é ser amiga de alguém. Outra coisa é ser seu namorado. Sabe, se ele possuísse o mínimo de amor-próprio, simplesmente iria embora, não iria? E daí que ela é a garota mais bonita da escola? Se você não é nada além de seu brinquedinho, qual é a vantagem desse relacionamento? Alex gosta que as pessoas pensem que ele é algum tipo de isolado descolado, mas na verdade é apenas o namorado da Hanna, e isso não o torna melhor que nenhum outro macho covarde por aí.

Abrimos a porta e saímos; nenhum alarme soa, é claro (qualquer um que não seja um escravo completo dessas regras imbecis sabe que os fios de segurança que deveriam tocar o alarme foram retirados há muito tempo ou nunca foram religados). Pisamos no cimento do pátio que dá para os fundos da escola e observamos a vastidão do terreno que é propriedade da escola. Está muito frio para ficar sem casaco, mas, tendo fugido corajosamente, não posso simplesmente voltar e correr para a segurança da escola quentinha.

"Não almoçou hoje?", pergunta Alex.

"A alface estava murcha", explico, embora ele estivesse esperando por uma resposta do tipo "sim" ou "não". "Posso perguntar uma coisa? É pessoal."

"Manda aí."

"Ela é mesmo espetacular na cama?"

"A Hanna?", pergunta ele, dando uma risadinha.

"Tem alguma outra garota que eu deveria saber?"

"Não, é claro que não. Bem, ela é, sim, ela é bem espetacular."

"Não quero detalhes", digo rapidamente, temendo o rumo dessa conversa. "Eu só estava imaginando o que um cara como você estaria fazendo com ela, só isso."

"Não foi ela que pediu pra você me perguntar isso?"

"Ao contrário de algumas pessoas, eu não faço tudo que a Hanna me manda fazer."

"Não entendi o que você quis dizer com isso."

"Ela mantém você em uma coleirinha, só isso. Não consigo entender."

"Eu a amo, Gilda. Amo mais do que você consegue entender."

"É, deve ser. Eu realmente não consigo entender." Quero entrar. O frio atravessa minhas roupas finas.

"E você, Gilda? Não me parece o tipo de garota que seria amiga da Hanna. Então, por que é?"

Acho que perguntou isso para provar como foi ridículo perguntar por que ele estava com a Hanna, mas não é isso que me faz pensar. Começo a pensar em como é estranho que eu insista em ser amiga da Hanna quando não há nenhum motivo para isso. De repente, o laço fraterno se vai e é substituído por esse vazio. Por que diabos eu sou amiga da Hanna?

"Não sei", respondo, e volto para dentro. Vejo Alex por uma janela. Está parado lá, olhando para o terreno como se pensasse em algo muito profundo, e é aí que percebo. Está pensando em mim. Eu tinha acabado de ter minha conversa esclarecedora prometida. Alex é a pessoa importante em meu destino, pelo que posso apenas presumir que Alex, com seus olhos escuros e taciturnos e seu corpo alto e magro, seja meu destino. Isso parece algo que eu deveria evitar, mas não evito. Nunca senti tanta certeza sobre algo em toda a minha vida.

Hanna

Ao contrário de Sheila Trust, a maioria das pessoas ficou feliz em vir torcer pelos garotos do futebol quando contei nosso plano. Nossa torcida encheu duas pequenas arquibancadas, que facilmente somavam o público total da partida. Algumas líderes de torcida até apareceram uniformizadas e inventaram coreografias futebolísticas, sem muita inspiração. De pé ao lado do campo, vendo o que fui capaz de realizar em apenas alguns dias, sinto uma satisfação imensa.

Aparentemente, o time de futebol se sente da mesma forma. Enquanto entram em campo para o aquecimento, soltam gritos de surpresa ao verem a multidão que ocupa as arquibancadas.

"Isso é fantástico!", diz Gabriel para mim, entrando em campo. "Muito mais do que eu esperava!"

É o tipo de coisa que vai deixar saudades quando o colégio acabar. Poder melhorar o dia de alguém é uma sensação maravilhosa. É o que sei fazer, e sou boa nisso.

Continuo na lateral do campo quando o jogo começa, não porque esteja admirando minha obra ou preocupada em não encontrar lugar na arquibancada cheia, mas porque espero por Alex, que deu a entender que viria ao jogo. Ele não ficou muito animado quando falei do nosso plano. Não gosta muito de esportes, mas, quando eu disse que era para apoiar a escola e demonstrar solidariedade, pareceu entender. Porém agora me pergunto se ele acabou de perceber que não precisa vir. Com certeza, terá alguma desculpa esfarrapada para mim mais tarde.

Sheila está completamente certa sobre o futebol ser meio chato. Sério, parece um bando de caras correndo de um lado para o outro do campo. Acontecem algumas tentativas de chute a gol, mas, como os goleiros podem usar as mãos e os pés, a bola nunca balança a rede. Sei que seria absolutamente rude sair assim da partida, mesmo que apenas por alguns minutos, ainda mais depois de prometer a todos que seria uma tarde divertida e emocionante, mas também sei que eu poderia sair por meia hora e não perder nada. Nem preciso ir tão longe; só descobrir se o Alex está no colégio e, se estiver, arrastá-lo de volta comigo para o campo.

A tentação é grande, mas Gabriel acena para mim enquanto passa correndo atrás da bola, e, quando retribuo relutantemente, percebo que não posso ir embora. Todos me veriam sair, inclusive os jogadores, e eles precisam do meu apoio. Eles também têm de fazer um gol logo, antes que todos caiam no sono.

OLIVIA

Apesar dos bocejos e das reclamações de Sheila, o jogo foi emocionante. Embora eu tenha perdido grande parte da ação em campo porque meus olhos estavam grudados em um único jogador, a partida foi acirrada, e, infelizmente para Fidelity e Gabriel, o placar final foi 3 × 2 para o St. Paul's. Em qualquer esporte, todo time sempre tem um capitão suado e abatido, precisando de apoio moral.

"Você foi muito bem", digo a Gabriel, no caminho de volta para o colégio.

"Não o suficiente", responde.

"Foi um jogo difícil", insisto. "Qualquer um poderia ter ganhado."

"É, entendo o que você quer dizer. Eu achava que a gente fosse ganhar, até Pope marcar aquele último gol. Ele apareceu do nada! A gente deu o nosso melhor hoje, e acho que temos muito a agradecer a você e a todos os seus amigos. Isso foi demais!"

Não digo que ele deveria agradecer à Hanna. Nem conheço a maioria das pessoas ali. Eram todos amigos dela, ou pelo menos queriam ser.

Não sei aonde a excelentíssima foi, mas vejo seu namorado sentado em um banco bem à minha frente e lembro, tarde demais, de sua estranha rixa com Gabriel.

"Oi, Alex", cumprimento, em uma voz mais simpática do que o normal.

Ele não responde, só fecha a cara e mexe a cabeça. Que mal-humorado dos infernos! O rosto de Gabriel, já vermelho pelo esforço do jogo, parece ficar ainda mais rubro. O que será que aconteceu entre esses dois? Quero perguntar ao Gabriel, mas decido não fazer isso. Talvez mais tarde, quando conhecê-lo melhor, eu possa perguntar. Por enquanto, prefiro evitar qualquer assunto desagradável.

"Eu queria agradecer por tudo o que você fez por mim", diz Gabriel, quando nos afastamos de Alex e estamos quase chegando à escola. Imagino aonde ele quer chegar com isso, mas então a vejo sentada na grama logo à frente. Diana Lukowski, aquela vadia, olha em nossa direção e sorri ironicamente para mim. Ensaio a palavra "vagabunda" com os lábios, mas sinceramente duvido que sua habilidade para leitura labial seja muito melhor que sua habilidade de leitura normal. Percebendo que aquele discurso de agradecimento era o jeito dele de me mandar embora e ir correndo para os braços de Diana, começo a recuar.

"Preciso ir", anuncio, voltando-me para a direção da qual acabamos de vir.

"Claro", responde ele. "Entendo."

"E parece que você já tem outra fã."

Ele se vira para olhar e Diana começa a abanar as mãos, caso ele não tenha percebido toda a carne que já estava à mostra.

"Bom, valeu mais uma vez", agradece ele. "Você não faz ideia do quanto isso é importante pra mim."

Não fico para ver os dois juntos. Sinto-me uma otária. O filho da mãe me usou. Jogou charme para conseguir sua preciosa torcida e, agora que o campeonato acabou, tchau,

tchau, Olivia. Obrigado por tudo o que você fez por mim, agora caia fora.

Ando de volta até Alex, que continua ocupado com seu mau humor.

"Por que você odeia tanto o Gabriel?", pergunto. Ele olha para mim e seus olhos (sem brincadeira) estão cheios de lágrimas. Ele é mesmo pior que uma menina.

"Por quê?", repete ele, com a voz afogada em lágrimas.

"É."

"Por que você acha?", pergunta ele.

"Se eu soubesse, não perguntaria."

"Você não entenderia."

"Experimente. Talvez eu entenda."

Ele levanta a cabeça em minha direção, com olhos de filhote. É patético, mas deve ser isso que a Hanna vê nele. É o tipo de cara que se rende às vontades dela sem muita dificuldade.

"Não gosto que você esteja a fim dele."

"Isso eu percebi, mas o que você tem contra ele?"

Ele respira fundo, e espero que me conte uma história longa e comovente para ilustrar o caráter repugnante de Gabriel. Mas, em vez disso, diz, em voz baixa:

"Estou apaixonado por você."

"O quê?"

Antes que eu possa responder, Alex se levanta, segura meu rosto em suas mãos e me beija, bem na frente de todo mundo. É chocante e incrível, e em qualquer outro momento eu o teria empurrado, mas sei que o babaca do Gabriel está de pé em frente à escola, e espero que esteja me vendo retribuir o beijo de Alex.

Sheila

"Não sei", diz Débora, esticando o pé à sua frente e examinando o tênis de todos os ângulos possíveis. "Sabe, é rosa e tem o tipo de solado que eu gosto, mas não tenho certeza. Você acha... Bom, sei lá, ele faz o meu pé parecer meio grande, não faz? Ou estou viajando?"

Preciso usar todas as minhas forças para não virar os olhos involuntariamente, pois agora sou obrigada a fingir que analiso o pé da Débora naquele tênis ridículo. Perdi três horas da minha vida, que nunca vou recuperar, rodando o shopping inteiro para encontrar o tênis perfeito para Débora Shune. Tinha de ser rosa, de couro, cano baixo, com o solado marrom que ela tanto gosta, e agora finalmente o encontramos e, justo quando eu pensava que nossa jornada havia acabado, ela decide que não, não é o sapato certo porque faz seu pé parecer meio grande. Ah, vá se ferrar!

A Karen também não ajuda em nada. Só incentivou a Débora o tempo todo e agora, que inferno, está examinando o pé dela, fazendo caretas e balançando a cabeça. Sei que, se eu não interferir agora, Karen pode abrir a boca e dizer algo que vai nos fazer ficar aqui no shopping até nossos cabelos ficarem brancos e nossos peitos caírem até a cintura.

"É só uma questão de ângulo", explico. "Você não pode olhar os sapatos com os pés no ar. Precisa se levantar e andar, para ver seus pés de cima pra baixo. Quando você levanta os pés num ângulo estranho assim, eles sempre parecem enormes." Especialmente, penso eu, se você calça 40.

Débora acata minha sugestão e começa a andar pela loja, e sei que Deus existe porque um sorriso se forma em seu rosto. Aleluia, essa odisseia de compras vai terminar antes que eu me aposente.

"Ficou lindo!", apoia Karen. Retiro cada xingamento que pensei sobre ela. Bem, ok, pelo menos alguns deles.

"É, ficou legal, mas, sabe, acho que eu deveria ter trazido meu casaco", diz Débora. "Não sei se é o rosa certo. Pode ser que não combinem."

"Existe uma regra na moda. Li em uma revista", minto, "que você sempre pode misturar tons diferentes de rosa. Rosa combina com tudo. Por isso é uma cor tão perfeita."

"Nossa, ainda bem que você veio fazer compras com a gente!", agradece Débora. Afe! "Não sei o que a gente faria sem você."

Provavelmente, teriam andado pelo shopping até ele fechar, tentando encontrar o par perfeito de tênis, enquanto eu aproveitaria o meu tempo livre, mas isso não vem ao caso, porque não estou aqui pela diversão. Estou aqui porque construir alianças é uma parte importante do processo de popularidade. Se quero ser a garota mais popular da escola, preciso construir toda uma rede de alianças. Para o meu azar, sou forçada a começar com uma dupla de imbecis, mas às vezes é preciso jogar com as cartas que se tem.

"Acho que a gente devia comemorar tomando um sorvete na praça de alimentação", sugere Karen, quando finalmente saímos da loja com o equivalente ao Santo Graal em forma de tênis.

"Excelente ideia!", concordo, em minha voz mais patricinha. "Por minha conta!"

Estamos tomando os nossos sorvetes quando vemos Gabriel e algum outro nerd do futebol junto com Diana, a bêbada. Gabriel nos vê, sorri e acena, mas Diana, que ainda não bebeu todos os seus neurônios, afasta-o sabiamente.

"Ouvi dizer que ela está nos Alcoólicos Anônimos", comenta Karen.

"Os pais querem mandá-la pra reabilitação", acrescenta Débora.

"Bem, o que quer que ela esteja fazendo, deve engordar. Você viu aquele jeans? Não consigo entender como essa bunda gorda coube dentro dele."

Isso faz Karen e Débora rirem tanto que Débora começa a espirrar sorvete de morango pelo nariz. Ah, sim, a emoção de passar uma tarde de sábado no shopping com duas das maiores desmioladas do último ano. As pessoas não têm ideia de como dá trabalho ser popular.

São seis da tarde quando finalmente deixo Karen e Débora em suas respectivas casas. Estou exausta e com uma dor de cabeça gigantesca. O problema é que ainda estou longe do meu objetivo e não sei quanto mais dessa chatice sou capaz de suportar. Sei que deve haver uma maneira mais fácil e preciso descobrir logo.

Talvez, em vez de desperdiçar o meu tempo com garotas sem importância, eu devesse partir para um membro popular do sexo masculino. Pelo menos, com um cara, eu não teria de perder o meu sábado passeando pelo shopping, comprando sapatos. Poxa, para os homens, a mulher ideal é aquela que dá bastante tempo e liberdade para fazer o que quiserem, mas está lá para uma rapidinha quando eles têm vontade. Isso dá de mil em tentar encontrar o par de tênis rosa perfeito.

O problema é que não existem muitos caras populares disponíveis. Quando você é popular, normalmente consegue ter todas as garotas que deseja. Eu teria de começar por um peixe pequeno, algum cara no segundo grau de popularidade, no máximo.

Minha primeira ideia foi Gabriel. Ele estava na lista de convidados e, agora que decidimos que o futebol é um esporte de verdade (ainda que eu discorde), pode ser considerado um atleta. Claro, tecnicamente, ele está com a Diana, mas, depois daquele episódio do xixi nas calças, deve estar sofrendo de insatisfação crônica e, vá lá, ele pode ter coisa muito melhor do que ela. Também não é feio. Não é exatamente o que se chamaria de sexy, mas dá para o gasto. Ir para a cama com ele não seria tão difícil, e estou certa de que seria um bom empurrão na minha corrida secreta pelo posto de rainha da escola.

Já estou bolando um plano para algo que chamei de "Operação Gabriel" quando, dirigindo pelo centro, vejo uma figura solitária sentada à mesa, na calçada de uma cafeteria, apesar dos quase dez graus que fazem na rua, olhando para o nada. Se vou tentar fisgar um cara que já tem namorada, por que começar com alguém tão *underground* como o Gabriel? Se vou me dar a todo esse trabalho, não é melhor começar mais alto? E, se vou começar mais alto, por que não começar logo do topo?

Claro, é completa e absolutamente loucura. Não posso simplesmente roubar o namorado da Hanna. Para começo de conversa, o tiro poderia sair pela culatra, e as coisas poderiam ficar feias para esta que vos fala. Por outro lado, isso é só um jeito pessimista de enxergar a situação. Não quero que o Alex se apaixone por mim. Que nojo! Só preciso que ele traia a Hanna. Porque, quando ele fizer isso, irei, em uma jogada brilhante, diminuir o posto da Hanna e elevar o meu. É tudo tão lindo que sei que, haja o que houver, encontrarei um jeito de fazer funcionar. Alex não vai nem saber como aconteceu.

O maior problema será seduzir alguém tão estranho como Alex; porém, por mais estranho que seja, ele ainda é um cara, certo? Quão duro ele pode ser? Sem trocadilhos, por favor.

Patrícia

A exibição A se chama "Loiras se divertem mais". São duas líderes de torcida. Eu deveria saber seus nomes – Stacy, acho, é uma delas, e a outra tem algum outro nome apropriado e completamente esquecível. Acabaram de murmurar alguma fofoca suculenta no corredor tumultuado e agora riem da história. Seus sorrisos são enormes. Fiz essa foto na terça-feira passada, no quarto horário. No dia, achei que pareciam ridículas e imaginei que a câmera fosse capturar isso, que zombaria delas. Mas o que a câmera capturou foi sua alegria extrema. Estão realmente felizes, e foi isso que a máquina me mostrou; não sua imbecilidade, mas sua alegria. Como alguém se torna tão feliz assim, posso saber? Será que algum dia serei tão feliz assim?

"Querida", diz minha mãe. Ela põe a cabeça para dentro do meu quarto. Está de uniforme, pronta para ir trabalhar. Sorri com pena ao olhar para o meu livro de fotos, como se até ela soubesse que sou patética. "Está tudo bem?", pergunta.

"Estou bem", respondo.

"Tem macarrão pra você jantar, é só pôr no micro-ondas", avisa ela.

"Não sou uma inútil. Posso fazer meu próprio jantar."

"Esqueço que minha menininha cresceu." Ela fica com um olhar melancólico. Depois, entra no meu quarto e dá um beijo em minha cabeça. "Minha pequena Jane." Fico tensa com o nome de bebê, mas ela não dá sinais de que percebeu. "Tenha uma boa noite. Nada de festas malucas." Sorrio para a última parte, como se fosse capaz de fazer uma festa maluca.

Espero até ouvi-la sair e colo a foto das loiras sorridentes no próximo espaço vazio do meu livro, abaixo de uma foto que tirei do Alex um dia depois na escola. Ele está sentado em um banco olhando para o horizonte, com uma expressão triste e contemplativa, um contraste completo com as líderes de torcida. É uma foto ótima dele: o olhar sonhador em seus olhos, o formato de seu queixo. Acho que nunca passei muito tempo olhando para o Alex, e ele meio que se perdeu agindo e se vestindo tão estranhamente que é difícil perceber que, debaixo de toda essa *alexidade*, existe um cara muito atraente. Quer dizer, acho que sei o que Hanna vê nele.

Tenho pensado muito no Alex ultimamente. Não desse jeito. Só quero dizer que estive pensando sobre o que ele me disse naquela noite depois da festa de Halloween da Hanna, sobre ser eu mesma e me divertir em vez de me preocupar com o que as pessoas pensam. É um bom conselho, porém difícil de seguir.

Encontro-me seguindo o contorno de seu rosto com meu dedo, sentindo a superfície brilhante da fotografia contra minha pele, acariciando seu cabelo como se fosse um bicho de pelúcia em vez de uma imagem bidimensional de uma pessoa. Antes que possa me conter, pego o telefone e disco seu número. Quando ele atende, quase desligo, mas decido ficar em silêncio.

"Alô? Alô?", diz Alex. "Alô? Tem alguém aí?"

"Alex, é a Patrícia. Posso falar com você?"

"Claro", responde ele. "Pode falar." Viro-me para ver sua foto, com seus olhos sonhadores. Parece tão nobre, tão distante daquele mundo vulgar do ensino médio.

"Pessoalmente", digo, "não pelo telefone. Odeio falar ao telefone."

"Quer me encontrar em algum lugar? Você gosta de café?"

"Ainda não tenho carteira de motorista."

"Posso buscar você."

Alex dirige um conversível. Não me pergunte qual modelo; não sei nada sobre carros. É branco com uma capota de vinil preta, que hoje está fechada porque faz frio e talvez chova.

Devo parecer tão nervosa quanto estou, porque, quando sento no banco do passageiro, Alex diz:

"Patrícia? O que foi?"

"É difícil ficar sozinho o tempo todo?"

"Não estou sozinho agora."

"Estou falando sobre você não ter nenhum amigo, não andar com ninguém na escola."

"Não sou uma pessoa muito sociável. Posso contar nos dedos quem eu consigo tolerar."

"Estive pensando bastante sobre o que você disse, sobre relaxar, ser eu mesma, e acho que não consigo enquanto fizer parte da turma."

"É claro que consegue."

"Não. Não consigo. Pra ser eu mesma, teria de me livrar delas."

"Não acho que seja tão fácil assim."

"É impossível", concordo. Olho para o Alex. Ele presta atenção no caminho, com os olhos mais alertas que os olhos sonhadores da foto. Imagino se sou uma das poucas pessoas que ele tolera.

Ele para no acostamento. Não estamos em lugar nenhum; nem na cafeteria, nem mesmo em um estacionamento, apenas na rua. Ele me olha, e parece triste. Tem pena de mim. Posso ver em seus olhos. Isso me deixa ressentida. "Por que você acha que eu tenho essas respostas?", pergunta.

"Você passa muito tempo sozinho", explico. "Só quero saber como se sente, como é estar sozinho."

Então, Alex começa a chorar. Sem fazer escândalo nem nada, mas algumas lágrimas rolam por suas bochechas, e eu queria ter minha câmera comigo. Quero capturar uma imagem em *close-up* dessa lágrima que percorre sua bochecha, mas não poderia fazer isso nem se estivesse com minha câmera, porque Alex está sofrendo. Todo esse tempo, pensei que fosse solitário por escolha própria, mas agora vejo que talvez isso não seja verdade, que talvez ele queira ter amigos, pessoas que consiga tolerar. Talvez esteja triste por ser sozinho.

Não sei por que, mas estendo minha mão e limpo aquela lágrima que molha sua bochecha, e ele segura a minha mão. Tento puxá-la, mas ele não permite, apenas põe sua mão por cima da minha, encostada em seu rosto. Depois, apoia a cabeça em meu ombro e limpa o rosto molhado na manga da minha jaqueta.

"É triste estar sozinho?", pergunto. "Desculpe por ter feito você chorar."

"Não", diz ele. "Não é culpa sua. Não é culpa sua..."

Gilda

Ando pelo corredor a caminho da penúltima aula do dia quando Gabriel, o astro do futebol, bate nas minhas costas, grita "Uhuuu!" e segue correndo. O acontecimento teria me intrigado por horas se, trinta segundos depois, Sheila não tivesse me segurado e começado a me arrastar pelo corredor.

"Solte meu braço agora", ordeno.

"Você já viu?", diz Sheila. "É um ultraje." Ela me arrasta para o banheiro mais próximo e fecha a porta com sua bunda.

"Vou repetir: solte o meu braço!" Ela me solta relutantemente, e esfrego o local onde suas unhas postiças furaram minha pele, bem na manga da minha blusa. "O que é um ultraje?"

"A lista de convidados. Ela perdeu totalmente a noção."

"Quem?", pergunto, ainda pensando em meu encontro bizarro com o Gabriel.

"Hanna! Quem mais poderia ser?"

"O Gabriel Sei Lá das Quantas está na lista?"

"Sim. Por quê? Tá rolando alguma coisa entre vocês?"

"Não. Mas ele passou por mim loucamente feliz."

"É, bem, ele é uma das poucas pessoas da lista que faz algum sentido. O resto, enfim, você deveria ver a lista, é bizarra, e ela deixou um monte de gente de fora. Karen e Débora não entraram, e acho que até você deve admitir que elas estão entre as garotas mais populares do último ano."

"Débora não é a garota do tênis rosa ridículo?"

"Tá na moda, Gilda. Aparentemente você não sabe disso, mas existem outras cores além de preto."

"Quando é essa festa?", pergunto.

"No fim de semana do Dia de Ação de Graças, que por sinal é uma péssima data pra festas. Todo mundo viaja pra visitar os parentes. Ninguém vai ficar aqui por causa de uma festinha e, quando virem as pessoas que estão na lista de convidados, ninguém vai querer ir. Tem até uma das suas maloqueiras."

"O quê? Como assim?"

"Uma garota aí que usa delineador demais e escreve poesia e tal. *Hello*, em que século você vive?!"

Alguém tenta entrar no banheiro, mas Sheila bate a porta e a segura.

"Sheila, tudo isso é incrivelmente fascinante, mas tenho mais o que fazer."

"Alguém precisa falar com ela sobre isso."

"A festa é da Hanna, ela convida quem quiser."

Sheila é maior e mais forte que eu, mas, de alguma forma, consigo empurrá-la e abrir a porta. Saio do banheiro e esbarro em uma garota gótica com os olhos extremamente maquiados.

"Ei, vejo você na festa", diz a garota. Tudo bem, por um lado a Sheila tem razão. Isso foi meio bizarro.

Imagino se Hanna pôs aquela garota na lista por minha causa. Será que ela queria me tranquilizar? Será que queria me convencer de que realmente se importa comigo e me apoia? Será que queria livrar minha cabeça dos pensamentos recentes sobre Alex Journer, o cara que, agora tenho certeza, está em meu destino?

Eu não disse nada a Alex sobre o que descobri; mal falei com ele desde o dia em que passamos os últimos minutos do almoço lá fora, no frio, tendo uma conversa esclarecedora. Duvido que ele entenderia.

Nem posso contar a ele que acho que estamos destinados a ficar juntos. Ele pensaria que estou louca. Hanna é sua namorada. Sou apenas uma de suas amigas de confiança, uma versão mais baixa, de cabelos escuros e bem mais estranha da rainha do colégio. Uma imitação barata da garota pela qual ele é apaixonado. O que ele poderia ver em mim? Ainda não tenho uma resposta para essa pergunta e, até que descubra, tenho medo de tomar uma atitude. Além disso, não sei direito como essas coisas funcionam, mas acho que talvez seja melhor esperar que o destino faça sua mágica.

Agora, no entanto, imagino se de alguma forma telegrafei meus sentimentos para a própria Hanna. Por qual outro motivo ela colocaria essa garota estranha e macabra na lista de convidados? Parece um golpe friamente calculado para me acalmar, e não sei por quê. Mas, se ela pensa que colocar uma garota idiota que eu nem conheço na lista de convidados vai me impedir de roubar seu namorado, está muito enganada.

Hanna

"Você está muito quieto", digo para Alex. Ele está sem camisa, esticado na minha cama, com o cabelo todo bagunçado, daquele jeito sexy e bonitinho.

O primeiro dia de neve do ano nos deu um feriado de Ação de Graças prolongado. Não verei Alex amanhã porque ele vai passar o dia com parentes em outro estado, por isso o convidei para vir aqui, mas ele está com aquele mau humor de sempre.

"Pronta pra sua festa?", pergunta ele.

"Você vai voltar sábado à noite. Você prometeu."

"Estarei aqui", responde ele.

Não sei como aconteceu, mas um vazio se formou entre nós dois. Não estamos brigando nem nada, mas não estamos tão próximos quanto éramos há um mês. Não é só Alex. Sinto isso com a turma também, o que significa que deve haver algo errado comigo. Ou, mais provavelmente, todos já estão olhando para a frente, começando a seguir suas vidas futuras. Sou a única que continua cem por cento aqui, a única que não está pronta para dizer adeus.

"Você está aqui neste momento?", pergunto.

"O quê?"

"Você me ouviu. Como sei se está realmente aqui? Você parece tão distante."

"Como você sabe se estou realmente aqui?" Ele ri.

"Certo. Estou sempre aqui, Hanna, sempre, mesmo quando você não está."

A resposta dói, porém não deixo transparecer. É isso que ele quer. Ele olha para mim, esperando que me abra para ele. Às vezes, eu me abro, mas costumo sentir que estou repetindo as mesmas coisas.

"Você viu a lista de convidados?", pergunto.

"Nunca vejo, Hanna. Você já deveria saber disso."

"Ela está diferente. A lista."

Diferente é um eufemismo. A lista é uma escolha totalmente aleatória de pessoas. Muitos dos frequentadores comuns estão nela. Tinham de estar, senão pareceria muito suspeito, mas, fora isso, não há nenhum sentido para os nomes que aparecem lá, quase como se alguém tivesse visto o livro do ano e escolhido nomes aleatórios. Talvez alguém tenha feito isso.

Não fiz aquela lista. Não sei quem fez. Estou presumindo que seja um membro da turma – não sei quem mais teria essa audácia. Mas não sei ao certo quem foi, e não perdi muito tempo tentando descobrir o motivo, pois tenho medo de qual poderia ser a resposta. A intenção parece ruim, e isso é perturbador.

"No que você está pensando agora?", pergunto.

Ele olha para mim com aqueles olhos grandes e escuros, aqueles que me fazem derreter por dentro. É tão lindo, e sei que o amo demais.

"Estou pensando que você é a garota mais linda que já conheci", diz. "Estou pensando no quanto amo você, e que às vezes nem sei quem você é."

"Você me conhece melhor do que ninguém, Alex."

"Eu sei."

Fecho os olhos e pouso minha cabeça sobre seu peito. Ele acaricia meus cabelos como se eu fosse uma menininha, e eu queria ser. Queria ser uma menininha. Queria nunca ter de crescer.

OLIVIA

Alex me liga algumas horas antes da festa da Hanna. Tentei evitá-lo desde o dia do beijo, mas ele ligou várias vezes desde então, e chegamos a conversar algumas vezes. Não quero falar com ele hoje, mas atendo ao telefone achando que é a Hanna ou alguém da turma.

"Olivia?", Sua voz é baixa, quase como se estivesse murmurando, como se pensasse que Hanna ouviria nossa conversa se falássemos muito alto.

"Alex. Oi. Como foi seu Dia de Ação de Graças?"

"Preciso ver você."

"Estarei na festa hoje."

"Não, preciso ver você agora. Por favor."

"Hanna é minha melhor amiga."

"Ela é minha namorada. Eu a amo."

"Então por que você não para de me ligar?"

"Eu sei que você fez aquela lista de convidados."

Desligo o telefone, largando-o como se estivesse pegando fogo. Como Alex sabe que eu fiz aquela lista? Será que alguém mais sabe?

Sento em minha cama, abraçando os joelhos. Ironicamente, queria que Hanna estivesse aqui para eu poder ter alguém para conversar, mas, é claro, ela é a última pessoa com quem posso falar sobre isso.

Parece quase certo que foi a Hanna quem descobriu que a lista foi obra minha, e deve ter sido ela quem contou para o Alex. Ele não se importaria com a lista de convidados. Alex está acima dessas coisas. Posso ficar tranquila que Alex não vai contar para mais ninguém, e, por motivos óbvios, Hanna não pode contar a ninguém. Tem de fingir que é tudo obra dela, que continua sendo a capitã do navio.

Ainda assim, não esperava que Hanna descobrisse que fui eu. Fui burra. Não pensei que fosse tão óbvio. E não seria, para mais ninguém, mas Hanna me conhece há muito tempo. Aquela lista estava cheia de pistas que devem ter apontado diretamente para mim. Sou uma idiota.

Ela deve me ver como uma criança rebelde, alguém que prova sua independência com um golpe idiota, e, sinceramente, é isso mesmo. Estou totalmente enganada ao achar que uma lista falsa terá quaisquer consequências a longo prazo para os estudantes de Fidelity High. Alguns adolescentes populares não estarão na festa, grande coisa, e outros que não seriam populares nem no inferno terão a oportunidade de ver como a outra metade vive. Sou como um Robin Hood do ensino médio, mas, em vez de dinheiro, a mercadoria em questão é a boa e velha popularidade. Parece muito nobre, mas dê uma olhada na lista e você encontrará muitas decisões pessoais. Tipo, por exemplo, o fato de Gabriel estar ali de novo, enquanto Diana não está.

Do lado de fora, ouço uma porta de carro bater. Alguns segundos depois, alguém começa a esmurrar a porta dos fundos. Espio pela janela e vejo o carro do Alex estacionado. Eu poderia simplesmente ficar no meu quarto. Em algum momento, ele iria desistir e ir embora. A opção é tentadora, mas sei que preciso descer. Precisamos resolver isso. Não posso evitá-lo para sempre.

Desço as escadas com calma e abro a porta, como se estivesse saindo para ver o tempo. Alex está vermelho. Com olhos selvagens, ele entra porta adentro.

"Olivia!", diz ele. Em seu estado emocional, sua voz sai como um berro.

"Você precisa se acalmar. Minha mãe está lá em cima se arrumando." Ele inclina a cabeça, ouvindo o som do chuveiro ligado. Isso parece fazê-lo recuperar os sentidos. Ele se acalma um pouco.

"Preciso ver você", anuncia.

"Estou bem aqui."

"Está mesmo?" Ele começa a andar pela pequena cozinha. "Olha, não estou nem aí pra lista de convidados."

"Eu sei disso."

"Nem vou perguntar por que você fez isso. Já imagino o motivo, mas não importa. Eu não ligo pra nada disso. Só ligo pra você."

"Alex, não pode haver nada entre a gente."

"Me dê um bom motivo, e a Hanna não conta."

"Tudo bem, então que tal o fato de que não estou interessada em você?"

"Mentirosa!", grita ele.

"Ah, convenhamos, namorar a Hanna Best não faz de você um presente de Deus às mulheres. O gosto da Hanna é estranho."

"Você vai me dizer que não sentiu nada naquele dia, depois do jogo de futebol?"

"Alex", interrompo minha fala, pois estou prestes a dizer que só deixei ele me beijar porque queria causar ciúmes no Gabriel. É a verdade, mas parece incrivelmente superficial. Parece algo que a Sheila faria, e não quero que Alex pense que eu desceria a esse nível, mesmo que seja verdade. "Eu estava muito confusa."

"Não, não estava. Você seguiu seus instintos."

"Alex, eu gosto do Gabriel. Muito."

"Gabriel!", Sua voz é cortante. Ele esmurra o balcão e morde os lábios, ou de dor ou de raiva, ou talvez um pouco dos dois. "Por quê?! O que ele tem que eu não tenho? O que faz dele tão especial?"

"Não sei", confesso. "Só gosto dele. Tenho atração por ele, mas sei que não posso tê-lo."

"Você sabe?"

"Ele namora a Diana, e você namora a Hanna. Isso quer dizer que estou sozinha."

"Não, Olivia, você não está sozinha. E se eu dissesse que você é mais importante pra mim do que a Hanna?"

"Eu diria que você é um completo babaca. Hanna é minha amiga."

"É mesmo?"

Eu o havia subestimado. Talvez ele tenha descoberto sobre a lista de convidados sozinho. Talvez Alex não seja tão por fora quanto finge ser. Talvez todo esse tempo eu tenha achado que ele estava vivendo em seu próprio mundinho, mas ele estava prestando atenção no emocionante mundo do ensino médio. Ou talvez ele só esteja falando besteira.

"Tenho de me arrumar pra festa."

"Diga que você não está interessada em mim e eu esqueço tudo o que aconteceu."

"Nada aconteceu, Alex."

"Só me diga, Olivia."

"Eu já disse o que sinto", insisto.

"Diga que você não está interessada em mim."

Não estou interessada nele. Estou? Há poucos minutos, tudo parecia claro: Alex é namorado da Hanna, eu gosto do Gabriel e o Gabriel gosta da Diana, portanto passarei meu último ano me dedicando aos estudos, além de fazer algumas atividades extracurriculares superemocionantes.

"Diga que você está apaixonado pela Hanna e eu paro por aqui, pra garantir que o último ano dela seja perfeito", digo.

"O quê?" Toda a ansiedade e toda a emoção secam em Alex num momento de surpresa genuína.

"Por que você não me diz o verdadeiro motivo por estar aqui?", pergunto.

"Estou apaixonado por você."

"Não. Você só deixou de estar apaixonado pela Hanna."

Sheila

Meu lado emocional e irritadiço queria ignorar essa festa. No entanto, isso seria uma forma de suicídio social que não posso cometer, pois, apesar do número alarmante de pessoas desqualificadas que entraram na lista de convidados, esse ainda será um dos maiores eventos sociais do ano. Não comparecer seria um desastre total. Além disso, decidi pensar pelo lado positivo, que estar rodeada por tantos zés-ninguém só vai fazer com que as pessoas percebam o quanto sou excepcional. Houve um tempo em que eu teria me preocupado com os efeitos que isso causaria à minha imagem, mas, ultimamente, tenho visto as coisas por uma perspectiva maior. Ainda assim, não preciso estar feliz em ir a essa festa.

"Sheila, dê uma ajudinha com as bebidas", diz Olivia. Nunca ouviu falar sobre o mel e suas propriedades atrativas sobre as moscas; não que eu esteja me comparando a um inseto. É só uma comparação, metáfora, sei lá.

"Não posso", respondo. "As pessoas vão chegar já, já."

"Exatamente. A gente precisa preparar as coisas."

"Preciso estar perto da porta quando elas chegarem." Para provar isso, abano minha cópia escrita da lista de convidados.

"Que diabos é isso?"

"A lista. Preciso lembrar você do que aconteceu da última vez? Alguém tem de evitar os penetras. Embora eu não consiga entender por que alguém viria a essa festa."

"Você não pode ignorar as pessoas só porque não gosta dos sapatos delas."

"A lista!", repito, abanando o papel mais uma vez. "Esta lista é absurda, mas continua valendo ouro, e quem estiver nela vai entrar."

"Não acredito que você vai ficar sentada aí, conferindo nomes."

Sempre acabo fazendo grande parte do trabalho pesado, porque a apatia das outras interfere em sua habilidade de executar tais tarefas. Qualquer uma delas admitiria prontamente que conferir nomes é uma boa ideia, mas ninguém se daria ao trabalho de fazer isso. Não conseguem perceber como é importante prestar atenção aos detalhes, e, como essa é uma cidade de classe média, ninguém entende que uma partida de tênis é vencida só quando acaba.

Suspeito que todo esse negócio de conferir os nomes da lista evite a entrada de, no mínimo, um visitante indesejado. Houve, com certeza, uma pessoa a mais na festa de Halloween, e essa situação pode ser facilmente prevenida com o sacrifício que estou disposta a fazer.

Isso também vai me dar a oportunidade de interagir com quem provavelmente será o primeiro convidado a entrar pela porta, um Sr. Journer. Passei boa parte de minha tarde pensando nos temas de nossa conversa. Recorrendo a todo o meu conhecimento sobre como flertar com os homens, estou certa de que não vai demorar até que o não muito sofisticado Alex fique totalmente encantado e se renda ao meu charme.

"Sheila, não me lembro de dar permissão para que você confira os nomes na minha festa", diz Hanna.

"Estou oferecendo um serviço que vai beneficiar todos os seus convidados."

"Como? Irritando todo mundo antes mesmo que eles tirem seus casacos? De jeito nenhum."

"Entendo que nunca fizemos isso antes, mas às vezes é preciso reavaliar nossos métodos e fazer mudanças positivas."

"Que baboseira", resmunga Hanna. "Vejo um futuro pra você na política, mas, enquanto isso não acontece, por que você não ajuda a gente a preparar as bebidas? Ninguém vai conferir os convidados hoje."

"Mas, Hanna, você não percebe a importância disso?"

"Correção: percebo que não é importante coisa nenhuma."

Sei que continuar protestando não vai adiantar; quando a Hanna cisma com uma coisa, não tem jeito. Além disso, estou confiante de que posso simplesmente conferir os convidados no decorrer da festa. Será completamente ineficiente, porém, como não pode haver checagem na porta, terei de me contentar com isso. Foi um balde de água fria na minha conversa tão bem planejada com Alex, então terei de encontrar alguma forma de abordá-lo no meio da festa e redirecionar minha tática para a nova ocasião. Bem, eu já não esperava que fosse uma grande noite, e agora está piorando mais ainda.

"Sheila", diz Hanna, estendendo a mão. Retribuo com um olhar vazio, pois não faço a mínima ideia do que ela pode querer de mim. "A lista."

"Não é a sua original. Fiz uma cópia à mão pra mim."

"Passe pra cá."

"Não entendo pra que você precisa dela."

"Não quero você andando pela festa a noite toda checando os nomes da lista. Isso não é um censo, é uma festa."

"Hanna, tinha uma pessoa a mais na festa de Halloween. Você não quer que isso aconteça de novo, quer?"

"O que me lembro da festa de Halloween foi que você insistiu em passar a noite contando cabeças e reportando a mim, em mais de uma ocasião, sua suspeita de que alguém não deveria estar aqui. Foi cansativo e inútil."

"E tudo isso poderia ter sido prevenido se você me deixasse conferir todo mundo na porta."

"Só me passe a lista. Agora."

Relutantemente, cedo. É por isso que é tão frustrante ser amiga da Hanna. Esse é um exemplo de situação em que vejo uma forma de resolver as coisas, mas a Hanna se recusa a escutar. Normalmente, eu confiaria em minha memória para fazer uma checagem mental da lista, mas, com esse povo bizarro que apareceu nessa lista, nem sou capaz de reconhecer os convidados. Como posso fazê-la acordar e ver o dano que está infligindo sobre si mesma? Não sei, mas logo ela verá o erro que cometeu quando me vir ultrapassá-la em popularidade e mostrar o fracasso que ela é no jogo que pensa jogar tão bem.

Patrícia

Se eu estivesse sendo eu mesma, não estaria nessa festa. A verdadeira Patrícia Freemingle consegue pensar em pelo menos uma dúzia de coisas que preferia estar fazendo, mas a verdadeira Patrícia Freemingle não tem coragem de fazer o que quer. Então, está presa aqui, enquanto um cara irritante de sua sala, que nunca deveria ter entrado na lista, flerta descaradamente com ela.

"É, tenho de confessar", diz Bill, "estou muito feliz de estar aqui." É a quinta ou sexta vez que ele diz isso, até perdi a conta. Já me contou que poder vir a essa festa significava tanto para ele que abreviou um fim de semana com seus avós só para estar aqui, e que nunca imaginou que teria a oportunidade de presenciar uma festa da Hanna. A verdadeira eu concorda plenamente com isso, mas preferiu poupar quaisquer comentários maldosos, porém pertinentes.

Quando Bill começa a me contar sobre suas preocupações em escolher o presente de Natal perfeito para sua mãe (ele comprou um casaco que ela adorou no ano passado, mas não quer comprar um casaco de novo esse ano e ela quase nunca usa joias e perfumes), procuro alguém na sala, qualquer pessoa que possa me salvar desse inferno.

É Alex quem percebe a minha angústia, aproxima-se e passa o braço pelo meu ombro, mandando Bill para bem longe, para entediar alguma outra criatura indefesa.

"Alex, obrigada. Pensei que ele não fosse embora nunca!"

"Ele não iria", explica Alex. "Não se você ficasse parada ouvindo ele falar. Já falamos sobre isso."

"As circunstâncias não estão a meu favor", respondo.

"Pare de inventar desculpas. Você precisa desencanar e se divertir."

"Não consigo fazer isso estando presa a esta festa."

"Tem razão", concorda Alex. "Vamos embora?"

Sorrio e Alex sorri de volta. Mesmo sabendo que ele está brincando, uma parte de mim gostaria que fosse verdade.

"Acho que não posso ir embora", respondo.

"É, acho que também estou preso aqui."

"Bem, o lado positivo é que tem muita gente nova."

"E muita gente incomum."

"Você acha que a Hanna fez de propósito? Sabe, por causa do Dia de Ação de Graças."

Aquela lista me deixou encucada. Não faz nenhum sentido ela ter colocado todas aquelas pessoas estranhas. Deve ter havido algum motivo para isso, mas nenhuma de nós ficou sabendo.

"Talvez", diz Alex. "Ela não fala comigo sobre esse tipo de coisa."

"Sobre o que vocês conversam, então?"

"Hoje em dia, não muita coisa."

"Ah..." Odeio quando pergunto algo e ouço uma resposta que não era o que eu esperava, principalmente quando a resposta revela informações que me deixam desconcertada. O que ele quer dizer quando fala que ele e a Hanna não conversam mais? Isso significa que estão brigando? Que não têm nada em comum? Por que ele está me dizendo isso? Como devo reagir? Como devo me sentir?

"Que loucura pensar que, daqui a pouco, já estaremos na metade do ano...", digo, mas minha tentativa de desviar a conversa não funciona muito bem.

"É, ela está bem apavorada com o fim do ensino médio", acrescenta Alex. "Estou meio que pronto pra seguir minha vida, mas entendo como ela se sente. É difícil pra ela."

"Nada é difícil pra Hanna."

"Não a superestime."

O que posso dizer? Não é o papel de um cara ver uma garota como vulnerável, como alguém que precisa de proteção? Se eu não a conhecesse bem, diria que a Hanna é algum tipo de super-heroína disfarçada de colegial. Não sabe nada sobre superar desafios. Para ela, não existem obstáculos, barreiras. Leva mesmo uma vida de princesa.

"Ela vai continuar sendo a Hanna, não importa onde esteja", comento. "Não importa se está no ensino médio, na faculdade ou do outro lado do mundo. Vai continuar fazendo o que sempre fez, em algum outro lugar."

"Sem a turma, ela deixará de ser quem é hoje, e acha que vai perder todas vocês depois do ensino médio."

"É claro que vai. Ainda tenho mais um ano pela frente, e não consigo imaginar nenhuma das outras seguindo a Hanna por aí. Elas têm suas próprias vidas."

"É disso que ela tem medo", explica Alex, e, seja verdade ou não, está claro que ele acredita nisso.

É interessante pensar que a Hanna tem medo de nos perder. Meu palpite é que ela tem medo de começar do zero. O que é curioso, pois esse é exatamente o meu medo. Também é o que mais quero no mundo, e essa é a diferença entre nós. O medo da Hanna é de que isso seja o fim. O meu é a ansiedade por um novo começo.

Gilda

A festa não é nada além de um grande "Eu avisei". Todo esse tempo, achei que as listas de convidados da Hanna fossem completamente superficiais e baseadas somente em quem ela considerava popular o suficiente para desfrutar de sua hospitalidade. Agora vejo sua genialidade como organizadora de festas – todo esse tempo, suas seletivas listas foram baseadas em alguma fórmula secreta que ela descobriu para atingir seu potencial máximo. Sempre considerei o fato de a Hanna convidar apenas certos tipos de pessoas como uma espécie de tapa na cara, mas, no final, ela deve ter um bom motivo para fazer as coisas do seu jeito.

Embora pareça uma boa ideia essa coisa de festa inclusiva, de festa com uma boa mistura de estudantes, agora vejo por que a Hanna sempre se recusou a me dar ouvidos. Com mais de quarenta e cinco minutos de festa, todos continuam de pé, constrangidos, murmurando uns para os outros em pequenos grupos e olhando para os demais grupos timidamente. Os visitantes se parecem mais com refugiados de guerra do que com adolescentes se divertindo em um sábado à noite. A festa é estranha, e, apesar de normalmente gostar de coisas estranhas, até mesmo eu tenho de admitir que essa é a festa mais chata da Hanna.

"Ei, ótima festa", diz Gabriel, enfiando um punhado de salgadinhos na boca.

"Ah!", respondo. "Tá um saco."

Juntos, formamos mais um par de refugiados, amontoados em um mar de grupos isolados.

"Vai ver todo mundo comeu muito peru. Comer dá sono."

"Pare de inventar desculpas. É um lixo de festa. Odeio admitir, mas é isso que acontece quando um bando de crianças impopulares está na lista. Afinal, existe um motivo pra não serem populares. São chatas."

"Bom, é só uma festa, e a Diana não liga pra essa lista. Ela teve de ir visitar uns parentes em New England, mesmo."

Concordo para ser educada, porém não faço ideia de quem seja Diana. Parece que eu deveria saber. Sheila saberia, mas não sei onde ela está. Da última vez que a vi, ela parecia estar fazendo sala, conversando com o máximo de pessoas possível, até mesmo com quem considerava invisível. Talvez esteja iniciando uma nova fase.

"Então, achei muito legal que todo mundo tenha ido ao jogo. Sabe, vocês não precisavam fazer aquilo. Foi muito importante pra mim."

"É bom apoiar todos os esportes da escola. A gente falou sobre juntar um grupo pra torcer pelo time de corrida, mas os horários não bateram."

Não sei por que estou fazendo isso, falando tanto assim. Nem sei se Fidelity tem um time de corrida. Também não sei por que o Gabriel está aqui, falando comigo. Bem, provavelmente porque ele não conhece nenhum desses otários em seus grupinhos, mas, ainda assim, além do fato de que joga futebol, não sei nada sobre ele para começar alguma conversa inteligente. Onde está a Sheila quando mais se precisa dela?

"Você sabe do que esta festa precisa?", diz Gabriel.

"Acabar", sugiro.

"Não, nem pensar. Precisa de gente dançando."

"Não acho que essas pessoas sejam do tipo que dança."

"Até parece. Estão só esperando alguém começar. Vamos?"

"Gabriel, eu não danço."

"É claro que dança."

Com isso, ele segura minha mão e me puxa para o centro da pista, fazendo uma dança ridiculamente exagerada, para acompanhar uma idiotice qualquer que está tocando na festa. A performance é recebida com entusiasmo, e, então, incrivelmente – por mérito de Gabriel –, os outros começam a se juntar a nós. Dez minutos depois, o grupo de refugiados deslocados se parece muito com um grupo de adolescentes se divertindo. Talvez ainda haja esperança para essas pessoas. Tudo que elas precisavam era de um líder que mostrasse o caminho.

Hanna

Uma anfitriã não deve passar sua própria festa se escondendo na cozinha, mas, como essa obra não é minha, não vejo nenhum problema em ficar sentada à mesa da cozinha, comendo rosquinhas e bebendo refrigerante. Fica ainda mais fácil para a Sheila me achar para poder me dizer que tem alguém a mais na festa, ou que eu deveria fazer um pronunciamento, avisando que qualquer pessoa que manifestasse um comportamento considerado nerd seria punida com uma expulsão imediata da festa.

"Está chato demais lá fora", resmunga Sheila. "Não culpo você por ficar aqui."

"Só estou meio cansada, só isso", explico.

"Ah, nem me fale", concorda Sheila. "Parece a festa da soneca."

"Desculpe se minha festa não está à sua altura", digo. "Você pode ir embora, se não estiver gostando."

"O quê? Não, não foi isso que eu quis dizer. Eu só disse que, bem, você sabe, talvez, na próxima festa, você vai fazer uma no fim do ano, não vai? Talvez a gente pudesse planejar essa festa juntas. Tenho umas ideias ótimas. Seria demais!"

"Talvez você devesse fazer sua própria festa."

"Ah, eu não me intrometeria no seu território dessa forma."

Pensei que fosse exatamente isso que ela quisesse, porém não digo nada. Embora seja divertido ver Sheila constrangida, não estou a fim de confrontá-la. Ainda não descobri ao certo quem está por trás da lista de convidados. Duvido que seja Sheila – foi muito sutil para o seu gosto. Enfim, tenho minhas suspeitas. Quando se conhece alguém há tempo suficiente, não é tão fácil ser surpreendida. Parte de mim quer ignorar o fato e fingir que nada aconteceu. Quero que o último ano seja perfeito, impecável, e não será assim se eu tiver de bancar a durona para manter todos na linha. Mas, se todos simplesmente se comportassem bem, eu não estaria nesse dilema.

"É apenas algo a se considerar", insiste Sheila. "Nós duas fazendo uma festa."

"Tudo bem, Sheila, vou considerar", respondo. Ela parece perplexa e desconfiada.

"Sério?", pergunta ela. "Quer dizer, isso é ótimo! Você não vai se arrepender."

"Veremos", falo, em tom enigmático.

"Certo, muito bem, preciso ir lá fora fazer mais uma contagem. Ainda não acertei o número. As garotas impopulares são tão parecidas que é difícil distinguir uma da outra."

Sheila me deixa na cozinha. Sentada à mesa, posso ouvir os sons da festa. Não parece tão entediante quanto ela diz. É uma sensação estranha ficar sentada aqui sozinha, ouvindo todos se divertirem à minha volta e não fazer parte disso. Normalmente, eu sou o centro das atenções. Sei que deveria estar lá, que só tenho mais algumas festas antes de o ano acabar. Perder uma delas parece um grande desperdício, mas, só de pensar no fim, já fico desanimada, e não estou no clima para tentar me divertir. É idiota, eu sei, mas não posso evitar.

"Espere aí, o solitário pensativo da festa não deveria ser eu?", pergunta Alex, de pé ao lado da porta, olhando para mim.

"Eu só estava descansando", explico.

"Isso também não combina com você."

Encolho os ombros. Com as meninas, consigo me fazer de forte, porém, com Alex, não dá para esconder. Estou nua, com todos os sentimentos à mostra.

"Você ficou brava por causa da lista?", pergunta ele.

"Não", digo. "E não fale sobre isso agora."

"Ah, tudo bem, infalível Hanna. Nada nunca dá errado na sua vida."

"Não foi isso que eu disse."

Eu deveria saber que o Alex havia descoberto que eu não fiz aquela lista de convidados. Ele é intuitivo com as coisas, observador. Não há como esconder nada do Alex. Ele me conhece melhor do que ninguém.

Ele se senta do outro lado da mesa. Não olho para ele. Em vez disso, encaro o prato de rosquinhas. O que aconteceria se eu simplesmente largasse a escola, fugisse de casa e desse um fim a tudo isso de uma vez? Eu poderia sair coberta de glória, no auge da minha popularidade, mas alguém se importaria? Será que todos me esqueceriam até a formatura?

"Tudo bem, não é a sua melhor festa, mas não tem por que você afogar as mágoas em rosquinhas e refrigerante. Venha se misturar. Seus fãs esperam por você."

"Estou meio cansada dos meus fãs", digo. Não sei se é verdade ou não, mas é o tipo de coisa que, quando sai da boca, você sente que pode ser verdade.

"Onde está a Hanna?", pergunta ele.

"Escute. Todos estão se divertindo. Eles não precisam de mim."

"Tá brincando? Eles só estão se divertindo por sua causa. Foi você quem fez isso acontecer. Você juntou essas pessoas. Sem você, nada disso teria acontecido."

"Mas não fui eu", argumento.

"Você pensa que, só porque não fez aquela lista, você não é responsável por isso? Pra começar, todo mundo acha que você fez a lista, e pelo menos metade dessas pessoas não estaria aqui se qualquer outra pessoa fizesse uma lista e desse uma festa. Segundo, você estabeleceu toda uma tradição para o que significa se divertir. Sem você, essas pessoas não teriam nada. Querendo ou não, é isso que você está fazendo."

Alex está certo. São as minhas tradições que estão levando essa festa adiante. A base foi tão bem consolidada que vai levar um bom tempo para tudo que eu estabeleci desapareça. Os alunos de Fidelity High podem seguir essa onda até o fim do ano, com ou sem a minha presença. Nada em suas vidas vai mudar. Nem mesmo a Sheila pode destruir isso.

Talvez seja hora de fazer aquela saída silenciosa, simplesmente entrar nas sombras e desaparecer de suas vidas para sempre. Seguir para conquistas maiores, quem sabe, ou simplesmente sumir, sair daqui. É uma ideia tentadora. Mas Alex está certo, o papel de solitário pensativo é dele, não meu.

Se Hanna Best pretende fazer uma saída, então fará do seu jeito. Nunca fui de me esconder ou ficar nas sombras. Não faz sentido começar agora. Farei minha saída com certeza, parece não haver dúvida alguma sobre isso. De uma forma ou de outra, terei de ir embora, mas não será silenciosamente. Eles saberão. Não terão escolha.

OLIVIA

Gabriel passou quase a noite toda na pista, e nunca esteve tão bonito. Seu sorriso é enorme, verdadeiro e contagiante. Meu coração bate forte só de olhar para ele, só de ver como é feliz. Todos parecem sentir a mesma coisa. O astro radiante do futebol é o centro do universo da pista. Sua alegria é ainda mais evidente sem a Diana por perto. Se ele consegue ser tão feliz assim sem ela, ainda há esperanças para mim.

"Ele é um ótimo dançarino, né?", comenta Gilda, ao me ver encostada na parede. Ela nem precisa dizer o nome dele. De quem mais poderia estar falando?

"É", concordo.

"Eu nunca tinha percebido o cara legal que ele é."

"É", falo, mais uma vez, imaginando aonde ela quer chegar com isso.

"Ele nem se importou com o fato de eu não saber dançar e adivinhou que todo mundo tomaria coragem pra dançar também ao ver a gente na pista. Foi incrível!"

"Você dançou com o Gabriel?" Minha voz sai cortante e levemente histérica. Como eu perdi isso? Deve ter acontecido antes de eu encontrá-lo, ou talvez estivesse tão concentrada nele que não reparei em ninguém à sua volta, nem mesmo na garota que dançava com ele.

"Aham. Ninguém estava dançando, aí ele me arrastou pra pista. Foi muito divertido!"

Minha reação instintiva é ter ciúmes de Gilda. Afinal, o Gabriel escolheu dançar com ela em vez de comigo. Mas, então, penso no que ela disse, sobre ele ser um cara legal, e tudo faz sentido. Ele não dançou com a Gilda porque gosta dela "daquele jeito". Só estava sendo legal e sabia que, se as pessoas vissem a Gilda na pista de dança, ficariam com vontade de dançar também. Isso prova sua inteligência e bondade.

"Ele é um cara muito legal", concordo. "Muito, mesmo."

Vendo-o e pensando no quanto ele é atencioso – não só com a Gilda, mas com todo mundo –, fico cheia de orgulho. Sinto como se ele já fosse meu namorado, não apenas um cara que gosta de mim apesar de já estar comprometido com uma escaladora social repugnante. Parece tão real que quase esqueço que não é, e nunca será se eu não tomar uma atitude. Afinal, da última vez que o Gabriel me viu, meus lábios estavam colados aos de Alex Journer.

"Gilda, você pode segurar isto pra mim?" Entrego minha bebida a ela e sigo para a pista. Preciso me esquivar de alguns braços e pernas enquanto avanço pela multidão em direção ao Gabriel. Ele vai embora quando estou quase o alcançando e, ao mesmo tempo, alguém segura meu braço, impedindo que eu me mova.

"Então você finalmente veio à pista", diz Alex, meio íntimo demais, em meu ouvido. Está tão próximo de mim que posso sentir o álcool em seu hálito.

"Agora não, Alex", respondo e viro-me para sair dali, porém ele aperta o meu braço.

"Olivia, escute, sobre o que você disse antes, eu..."

"A gente pode falar disso uma outra hora?"

"Ninguém quer falar sobre nada", diz ele. "Qual é o seu problema?"

"Bom, Alex, isso se chama festa, e é um momento pra se divertir, não pra ter discussões sérias."

"Diversão, é? E imagino que você ache que vai se divertir com o Gabriel? O que aconteceu com você estar sozinha, Olivia?"

"Caso você não tenha percebido, o Gabriel também está sozinho hoje. Eu ia dizer 'oi'. Agora você já pode soltar o meu braço."

Ele solta. Então, encara-me com aquele olhar triste de cachorro pidão. Até que o Alex poderia ser tolerável se parasse de ser tão Alex o tempo todo.

"A Hanna estava chateada com a festa", comenta Alex.

"Agora não."

Vou embora, mas não importa. Gabriel se foi. Perdi minha oportunidade. Passou a noite toda na pista, no entanto, não fui rápida o suficiente e ele escapou, para o banheiro ou para as bebidas ou para relaxar com um pouco de ar fresco. Não importa onde ele está. Tudo que sei é que a Gilda pôde se sentir como a Cinderela no baile, e eu me sinto como a Gata Borralheira, esfregando o chão.

Entro na cozinha, um bom lugar para uma faxineira, e encontro Hanna. Acho que ela deve ser como a minha madrasta malvada. Ela me dá um sorriso torto, e eu queria ter escolhido algum outro lugar da casa para sentir pena de mim mesma.

"Rosquinhas?", oferece. "Não ajudam muito a melhorar o humor, mas são gostosas e enchem o estômago."

Pego uma das rosquinhas e me apoio sobre o balcão, mastigando alto. Penso em Gilda, que ficou segurando minha bebida, e me sinto meio mal, mas não tão mal assim. Afinal de contas, ela dançou com o Gabriel.

"Acho que seu namorado está procurando alguém pra dançar", aviso.

"Ele prefere dançar sozinho", responde ela.

"Quase me enganou", falo. Ela emite um som que poderia ser uma risada.

"A festa está boa?", pergunta ela.

"Que tal ir ver você mesma?", sugiro. "Você foi convidada."

"Interessante, porque eu não vi o meu nome na lista de convidados."

"O seu nome nunca está na lista."

"É porque normalmente sou eu quem a faço."

"Eu poderia bancar a idiota e fingir que não sei do que você está falando, mas conheço você há muito tempo pra fazer isso. E também não estou com saco."

"Você sempre foi sincera", diz Hanna. "Às vezes, até demais. Não que eu esteja reclamando."

"E?"

Hanna olha para mim dos pés à cabeça, como um cara me medindo, tentando imaginar como eu sou por debaixo das roupas, mas seu despimento é de outro tipo. Jogue fora toda a mentira, e lá no fundo existe a verdade. Ela pode precisar de uma pá, mas conseguirá encontrá-la algum dia.

"E o quê?", pergunta ela.

"Bom, você deve estar brava", deduzo.

"Brava? Não. No começo, sim, mas a verdade é que você me ajudou. Isso clareou as coisas pra mim."

"Não estou entendendo."

"Você me ajudou a enxergar as coisas. Só isso." Hanna tira uma rosquinha do prato e começa a quebrá-la em pedaços cada vez menores, muito metodicamente. Acho que ela nem percebe o que está fazendo. "Nossa, dá pra acreditar que está quase acabando? A gente passou por tanta coisa, desde o começo, né?"

Desde o jardim de infância", acrescento.

"É, e a vida começa no jardim de infância, não começa? Não consigo me lembrar de nada antes disso."

"Parece que a gente brotou da cabeça de alguém com cinco anos de idade."

"É verdade", concorda ela.

Arrependo-me de ter decidido participar do chororô da Hanna na cozinha, porém não posso ir embora agora. Ela está, para os padrões normais da Hanna, péssima. Acho que nunca a vi tão fora de controle. É prazeroso, por um lado, mas é o tipo de coisa que você quer ver de longe, meio que como um terrorista quer ver o resultado de sua destruição em massa pela televisão, mas não quer ver os detalhes, as vítimas, os indivíduos com sangue e suas vísceras, e seus familiares. Eu teria ficado contente em observar a decadência da Hanna de um ponto de vista mais distante. Posso odiá-la, mas ela continua sendo a minha melhor amiga.

"Quando tudo isso acabar, seremos adultas", diz Hanna. "Isso não é assustador?"

"Acho que seria mais assustador se a gente não envelhecesse, se tivéssemos dezessete anos pra sempre. Não consigo imaginar nada pior do que isso."

"Eu queria ter dezessete anos pra sempre", discorda Hanna.

"O mundo todo está lá fora, esperando por nós", explico.

"Não é o meu mundo", diz Hanna. "A escola é o meu mundo."

"Então, vá pra faculdade. Depois, vire professora. Você nunca vai ter de deixar a escola."

"Não é a mesma coisa. Não consigo sobreviver lá fora. Nunca vou conseguir."

"Você está sendo meio dramática."

"Assim que eu deixar a escola, não serei mais a Hanna Best. Serei só mais alguém, mais uma ninguém em um mar de ninguéns. Se eu não for mais a Hanna Best, não serei mais eu."

Por um instante, quase sinto pena dela, quase consigo vê-la se perdendo e sendo engolida pelo mundo cruel. Então, lembro-me de sobre quem estou pensando. Não há mundo grande o suficiente para engolir a Hanna. Ela sairá dessa situação ainda mais forte e mais poderosa do que nunca, não importa o que eu faça. Na verdade, chego a me perguntar se estou alimentando o monstro que é a Hanna, dando a força de que ela precisa para enfrentar o mundo real, e, não pela primeira vez, questiono minhas próprias motivações.

Sheila

Perder a primeira aula da segunda-feira é inevitável, já que fiquei acordada até as duas da manhã, planejando cada detalhe da Grande Festa – esse será o nome oficial. A lista de convidados está pronta; a comida, a decoração e a música estão todas planejadas. Tudo foi pensado nos mínimos detalhes. A Hanna pode fingir que sabe algo sobre organização de festas, mas ela não percebe que sou mestre nisso.

O problema, é claro, é que nossa festa será uma parceria, o que é realmente ridículo. Não há nada em que a Hanna possa contribuir para tornar essa festa melhor, mas tenho de dar a ela pelo menos a ilusão da cooperação; preciso convencer a Hanna de que sua opinião conta, apesar de tudo estar decidido. Tenho de ir até ela, fingindo precisar de seus conhecimentos, e então encaminhá-la sutilmente a tomar as decisões que já foram tomadas por mim.

Isso se chama política, e, para a minha sorte, a política corre em minhas veias. Afinal, meu bisavô foi representante estadual, era o líder do partido, e meu próprio pai trabalha no comitê ambiental do município. Os Trust sabem como manipular os outros à sua vontade da maneira mais diplomática possível.

Estou matando tempo no meu armário, pois ainda restam uns quinze minutos do primeiro horário e não quero passar nenhum deles na aula de Educação Física, e então uma visão indesejada vem vindo pelo corredor. Alguém pode me explicar como o trouxa dos trouxas, Gabriel, o nerd do futebol, agora é um queridinho da lista de convidados? Olhe só para aquele infeliz, é óbvio que ele não pertence ao círculo de amizades da Hanna. Ele com certeza acha que precisa fazer uma parada no meu armário, supondo erroneamente que, graças à sua recente adoção à elite da lista de convidados, agora somos amigos. Meu Deus.

"Ora, ora, ora", falo. "Se não é o Sr. Embalos de Sábado à Noite." Minha intenção era salientar sua performance na pista de dança, de forma alguma como um elogio, mas ele sorri feito um idiota mesmo assim.

"Quando é a próxima festa?", pergunta ele.

"Na verdade, estou planejando isso agorinha mesmo."

"Maravilha!"

Fecho meu armário e começo a andar, porém ele não percebe que tenho assuntos mais importantes para resolver e me segue como um cachorrinho.

"Você não devia estar na aula?", pergunto. Dane-se a sutileza.

"Ah, é. E você, não?"

"Minha posição garante certos privilégios." Naturalmente, isso não é verdade, mas não faz mal deixar os plebeus imaginando coisas. Infelizmente, o cérebro de minhoca apenas ri, como se eu tivesse dito algo incrivelmente hilário. "É que eu tive uma noite muito cansativa e dormi demais", explico.

"Ah...", diz ele.

"Então, se você não se importa..." Com uma jogada de cabelos, entro no único lugar onde sei que ele não pode me seguir. Só espero que ele não continue esperando pateticamente por mim do lado de fora do banheiro, mas acho que nem o Gabriel consegue ser tão burro.

"Oi", cumprimenta uma garota que lava as mãos enquanto eu abro a porta. Não sei seu nome, mas deve ser uma daquelas impopulares que estavam na festa aquele dia. Como pode?! Estou cercada por esses imbecis. Ela arruma minuciosamente seus cabelos em frente ao espelho do banheiro, e quero muito dizer a ela que nem toda a arrumação do mundo a deixará bonita, mas seguro minha língua em nome da diplomacia.

"Adorei a festa!"

"Bem, já estive em festas melhores, mas o que se pode fazer?" respondo. Não comento que ela não deve alimentar esperanças de entrar na lista da próxima festa. Ela precisa entender que sua inclusão foi obra do acaso, algo que só acontece uma vez.

"Uau, adorei o seu casaco! Onde você comprou?"

Por um breve instante, aprecio a ideia de abrigar essa tola sob as minhas asas e mostrar-lhe como funciona o mundo. Aula número 1, "A Maneira Certa de Conversar Socialmente e Fazer as Pessoas Gostarem de Você": não faça comentários ridículos sobre o casaco de alguém na esperança de fazê-lo gostar de você. Enfim, descarto rapidamente a ideia ao perceber como o processo seria cansativo.

"No shopping", digo. "Ano passado."

Então, em vez de notar as palavras "vai se ferrar" no tom frio da minha voz, a imbecil ainda faz uma cara de coitada e diz "Ah" com uma voz de choro. Poupe-me. É só um casaco. Ela realmente espera que eu acredite que está emocionalmente envolvida por uma roupa velha? Nem é um casaco tão bonito assim.

Escapo para dentro de uma das "casinhas", onde fecho meus olhos bem apertado, esperando dissipar a dor de cabeça que se aproxima rapidamente, enquanto torço para aquela idiota sair do banheiro. Finalmente, cinco minutos depois, ela cede à minha vontade.

"A gente se vê", diz ela em sua voz fina e cantada ao sair do banheiro feminino. Talvez encontre o Gabriel e os dois comecem a flertar como os desajeitados que são.

Embora eu consiga evitar outros encontros com os menos favorecidos pelo restante da manhã, percebo uma tendência estranha. Pessoas que eu nunca havia visto começam a olhar para mim, sorriem quando cometo o erro de fazer contato visual e, de maneira geral, agem como se fôssemos algum tipo de amigas secretas. Não posso confirmar, mas sinto que esses zeros à esquerda estavam todos na festa da Hanna. Como se já não fosse suficiente ter de passar meu sábado à noite com essas pessoas, agora elas supõem que sejamos iguais. Aquela festa desastrosa continuará me assombrando.

"Eles estão brotando da terra", falo, quando encontro as outras na mesa do almoço.

"Quem está brotando?", pergunta Patrícia.

"Todos esses nerds que nunca deveriam ter ido à festa. Estou me sentindo tão suja... Só quero ir pra casa tomar um banho."

"Ah, é esse o cheiro que estou sentindo", comenta Olivia. Não honro sua provocação com uma resposta verbal, apenas viro os olhos para mostrar meu desprezo.

"Acho que não entendi", acrescenta Hanna.

"Eles estão falando comigo", explico. "Sorriem pra mim. Está tudo errado."

"Tem razão, isso é estranho", responde Olivia. "Quer dizer, por que alguém seria legal com você?"

"Sabe, se o seu maior problema é que as pessoas são legais com você", diz Gilda, "eu diria que você está bem."

"Realmente, você está exagerando", concorda Hanna.

"Nem sei por que me dou ao trabalho de falar com vocês", digo. "Nenhuma de vocês se importa com o fato de que tinha uma pessoa a mais nessa festa também. Quer dizer, acho que não conta se você vai convidar um bando de otários mesmo, mas esse tipo de coisa não pode acontecer. Passa a mensagem errada."

"Espere", interrompe Patrícia. "Tinha uma pessoa a mais na festa?"

"Um espião", diz Olivia, a vadia.

"Qual é o nome dele?", pergunta Gilda.

"Sei lá", respondo. "Viu só? Esse é o problema de convidar um monte de desconhecidos. Se nem sei os seus nomes, como posso adivinhar o nome da pessoa a mais?"

"Tem certeza de que alguém não deveria estar lá?", pergunta Patrícia. "Se você não sabe quem são essas pessoas, não é possível que você tenha errado?"

"Contei cabeça por cabeça", afirmo, tentando passar absoluta convicção. "Havia, com certeza, uma pessoa a mais."

"Sheila, talvez o motivo pra ninguém se importar", explica Hanna, "é que a festa foi um sucesso com ou sem essa suposta pessoa a mais. Então isso não importa."

Aí está. A sacerdotisa da popularidade de Fidelity High School é uma idiota completa. Se essa é a sua atitude, então é realmente de surpreender que as coisas estejam no estado lamentável em que estão? É fundamental que ela siga minhas ordens nessa festa de fim de ano. Tenho o poder de salvá-la da ruína total, e isso é algo que estou disposta a fazer pela bondade do meu coração. Além disso, unindo nossas forças, ela não terá outra escolha senão dividir seu reinado comigo. A soberania da escola irá da monarquia absoluta à parceria. Quem estará no comando desse navio? Bem, haverá Hanna e sua leal e confiável aliada, Sheila Trust. Isso, é claro, até que a estrela Miss Trust complete sua ascensão.

Patrícia

Hanna inaugurou o comitê de decoração da escola quando ainda estava no primeiro ano. Não satisfeita com os enfeites que os funcionários do colégio montavam para celebrar as festas de fim de ano, ela organizou um exército de alunos criativos para ajudá-la a fazer e obter novos ornamentos, e depois a decorar os corredores e as áreas comuns, para que brilhassem e reluzissem como a mais extravagante das lojas. É claro, três anos depois, Hanna se libertou da tarefa de pendurar enfeites, colocando-me em sua posição. Não que eu ligue tanto assim para decoração.

Pois bem, enquanto ajudo a pendurar um fio de luzes de Natal vermelhas e brancas acima da estante de troféus, ocorre-me que, desde o início de seu tempo aqui, Hanna tem deixado sua marca na escola. Existe toda uma lista de tradições e melhorias que sempre levam de volta à Hanna. Após mais de dois anos de estudos, entretanto, nunca tomei nenhuma iniciativa. Não tenho nada a mostrar pelo meu tempo de escola. Espera-se que eu assuma o lugar dela, mas, enquanto ela é o tipo de pessoa que sempre será lembrada, mesmo anos depois de se formar, eles me esquecerão mais rapidamente do que Sheila Trust esquece o nome de um aluno impopular.

Claro, não é tarde demais. Ainda posso deixar minha marca, contudo, não consigo pensar em nada que poderia fazer para melhorar o colégio, exceto talvez deixar outra pessoa assumir o posto de liderança. Minha melhor ideia é desistir. O que isso diz sobre mim?

Quando a última guirlanda é cuidadosamente pendurada na diretoria, o comitê de decoração some e eu sou deixada sem carona em uma noite fria de novembro. Imagino se alguma vez a Hanna já foi abandonada tão descaradamente. Duvido. Para me consolar, penso que meus colegas decoradores simplesmente presumiram que Patrícia Freemingle teria seu próprio transporte; afinal, ela é Patrícia Freemingle. É um pensamento ligeiramente animador, mas não acredito de verdade nele. Esse argumento poderia servir para a Hanna, mas não faz tanto sentido para mim.

A distância da escola até a minha casa é de pouco mais de um quilômetro, então me enrolo no casaco, enfio as mãos nos bolsos e saio noite afora. Quase que imediatamente, começa a chover, porém está frio demais para chover, então gotas congeladas alfinetam o meu rosto, enquanto rajadas de vento as sopram em minha direção. Olho para a rua sob meus pés enquanto as balas geladas bombardeiam minha cabeça.

A caminhada de um quilômetro e pouco (mais de dois quilômetros, quem eu tentava enganar?) nunca pareceu tão longa. Depois de apenas alguns passos, imagino se algum dia vou conseguir chegar em casa. E se a chuva congelada se transformar em uma nevasca e eu ficar enterrada na neve? Quanto tempo vai demorar até que alguém sinta a minha falta e mande uma equipe de resgate? Posso até imaginar um pastor-alemão encontrando meu cachecol enfiado na neve, e depois todos os falsos heróis se amontoando para cavar freneticamente, apenas para encontrar, abaixo da superfície, meu corpo congelado. Com o gelo e o frio e as minhas roupas inadequadas, congelar até a morte parece uma possibilidade real. Poderia acontecer, não poderia? Tento apertar o passo, mas meu corpo protesta contra o frio.

Eu deveria ter pedido para alguém me buscar na escola. Deveria ter pelo menos feito xixi enquanto estava lá. Preciso ir ao banheiro agora, e de repente me lembro da história que alguém contou uma vez sobre sua tia, ou algum outro parente, cuja bexiga estourou na escada rolante de uma loja porque ela não gostava de usar banheiros públicos.

Tento lembrar se a tia, ou quem quer que fosse, morreu como resultado do incidente. Decido que não vou deixar chegar a isso. Se ficar tão ruim a ponto de não conseguir mais segurar, vou fazer xixi nas calças. Sem dúvida, essa indignidade é preferível à morte, e de que importaria se a essa altura já estarei encharcada?

Ainda não cheguei nem na metade do caminho, embora pareça que andei uma eternidade, quando um carro para ao meu lado e desce o vidro. Percebo que não serei morta pelo tempo, mas por um psicopata local. Então, Alex fala:

"Parece que você precisa de uma carona."

"Tudo bem", ouço-me dizer. "Estou quase chegando."

"Patrícia, não seja ridícula. Entre no carro."

Eu entro, é lógico. O ar quente vindo do aquecedor do carro parece o paraíso. Descongelo minhas mãos na saída de vento.

"O que você está fazendo aqui a essa hora?", questiona ele.

"Eu estava pendurando as decorações natalinas na escola."

"E aí você decidiu apreciar a noite e andar até a sua casa."

"Mais ou menos isso", respondo.

"Olhe pra você. Está encharcada", comenta ele, passando a mão em cima dos meus cabelos, que ficaram molhados quando o gelo derreteu com o calor do carro.

"Estou bem", afirmo rapidamente, mas Alex não tira a mão. "Sério", insisto.

Relutantemente, ele recolhe sua mão de volta para o volante. Passamos o restante do caminho em silêncio, mas, quando chegamos à minha casa, Alex diz: "Espere." E me viro para olhar para ele.

As luzes do painel dão um tom verde à pele de Alex. Ele dá um pouco de medo, porém seus olhos não são ameaçadores, apesar de me atravessarem como se pudessem ver dentro de mim. Talvez possam. Alex e eu temos muito em comum: ambos somos forasteiros que, de alguma forma, foram sugados para o circo de Hanna e, como tais, sempre nos encontraremos sentados no canto, sem pertencer àquilo tudo. Penso no que Alex disse sobre ser eu mesma e compreendo que nem sei quem realmente sou.

"Você sente medo?", pergunto.

"Tenho medo de muitas coisas."

"Quero dizer, medo de nem saber quem você é? Se não fosse pela Hanna e pela nossa turma, nem sei quem eu seria. A Sheila fica me falando sobre os ninguéns que estavam na festa, e me pergunto, é isso que eu sou? Sou uma ninguém?"

"É claro que não", diz Alex. Não consigo ver por causa da luz baixa, mas parece que há uma lágrima rolando pelo seu rosto. Mas não pode ser. Deve ser uma gota de chuva.

"Ano que vem, quando todo mundo me deixar, sinto que vou simplesmente desaparecer. Virar um fantasma, sei lá."

"Por que você diz isso?", pergunta ele. Balanço a cabeça e encolho os ombros, depois estico a mão para abrir a porta, mas ele se aproxima e me interrompe. Olho para baixo como uma idiota, vendo sua mão sobre a minha. Nossos lábios se encontram. Tenho um segundo para entrar em pânico, pois meus lábios estão rachados por causa do frio e percebo que comi alguns Doritos da Lindsey quando estávamos pendurando os enfeites. Então, finalmente acontece: estou beijando Alex Journer.

Estou beijando Alex Journer! Fico absolutamente apavorada. Estou beijando o namorado da Hanna. Empurro-o desajeitadamente e abro a porta. Corro pelo jardim da frente, como se estivesse sendo perseguida por um bando de cachorros selvagens. Quando alcanço a porta de casa, olho para trás e vejo Alex sentado no carro, com a porta do passageiro bem aberta, já que não tive tempo de fechá-la. Ele parece tão triste sentado ali, como um menininho. Quase quero correr de volta para ele, abraçá-lo e consolá-lo, mas sei que não posso fazer isso. Então, escapo para o santuário da minha casa.

Gilda

"Tá, quem é aquele?", pergunta Sheila.

"William Pearson", respondo. "Não acredito que você não o conhece. É o tesoureiro do conselho estudantil."

"Nooossa!", responde Sheila. "Tesoureiro do conselho estudantil... Praticamente uma celebridade."

"Cale a boca."

"Muito bem, então quem é aquela?", indaga ela, apontando para uma garota que passa correndo com um cachecol rosa.

"Não sei", respondo, encolhendo os ombros.

"O quê? Achei que você conhecesse todos esses babacas."

"Acho que ela é caloura."

"Bem, não importa. Acho que ela não estava na festa."

Caso você esteja se perguntando, concordei, com muito esforço, em ajudar Sheila a identificar várias pessoas cujos nomes ela nunca quis saber, mas que agora vê como possíveis ameaças à sua popularidade, ou algo do tipo. A festa da Hanna foi há quase uma semana, mas a Sheila ainda não parou de falar sobre isso. Pior ainda, não parou de falar sobre essa misteriosa pessoa a mais e está convencida de que, se conseguir ligar todos os nomes da lista aos seus rostos, será capaz de descobrir qual rosto não se achava na lista.

Faltam dez minutos para a aula e passamos os últimos vinte minutos sentadas atrás de uma mesa de estudos na biblioteca, lugar de onde temos uma visão parcialmente obstruída do corredor principal e de todos os alunos que entram na escola e vão para os armários, a lanchonete ou os banheiros. Obviamente, percebo como todo esse exercício é ridículo, no entanto, na cabeça de Sheila, trata-se de uma missão extremamente importante. Sheila é uma maluca inofensiva, mas ainda assim é minha amiga. E tem suas qualidades.

"O que você acha do Gabriel?", pergunto.

"Bom, pra começar, acho que ele não tem a menor chance de entrar na próxima lista."

"Tá, mas o que você acha dele?"

"Sabe qual é o seu problema, Gilda? Você é muito tensa. Precisa relaxar um pouco."

"Não sou eu que continuo preocupada com uma pessoa a mais na festa da semana passada."

"Não espero que você entenda por que isso é importante, mas confie em mim quando digo que é, tá bom?"

"O Gabriel parecia uma estrela naquela pista de dança, e ele tem um sorriso contagiante."

"Eu diria contagioso", corrige Sheila. "Ele é um otário, e esse negócio de futebol está me dando nos nervos. Aqui não é o Brasil ou algum desses países em que as pessoas gostam de futebol. Se você quer ser um atleta, escolha um esporte de verdade. E aquela namorada problemática dele..."

"Ele tem namorada?"

"Oi? Como você pode saber o nome de todos esses idiotas e não saber que Diana Lukowski e Gabriel Avenale não se desgrudam?"

"Essa não é aquela garota que tem problemas com bebida? Pensei que ela estivesse internada."

"Não, ela já saiu. Enfim, se você quer saber a minha opinião, acho que eles se merecem. Formam um casal de otários. Ei, aquela garota ali estava na festa, qual é o nome dela?"

Olho para a garota de cabelos castanhos curtos e saia estampada, mas também não sei o seu nome. Apesar de me lembrar de vê-la na festa e de, outro dia, ela ter sido toda sorridente e simpática comigo na sala de estudos.

"Acho que é nova", afirmo. "Não sei o nome dela."

"Uma garota nova e tapada? Que diabos ela fazia na lista?"

"Ela parece legal, e como você tem tanta certeza de que é tapada?"

"É só olhar pra ela."

"As aparências enganam."

"É claro que não. Olhe só pra você."

Normalmente, eu responderia à altura, porém minha mente está em outro lugar. O modo como o Alex me olhou enquanto eu dançava com o Gabriel. Parecia ter ciúmes. Existia um sentimento de tristeza e de perda em seus olhos. E também tem o Gabriel, com seu sorriso e seu jeito despreocupado, o completo oposto de Alex e, ainda assim, tão interessante. Só de pensar no calor de seu abraço, lá na pista, quero que me segure em seus braços mais uma vez, nesse exato momento.

"Preciso ir", digo.

"A aula é só daqui a oito minutos."

"Acabei de me lembrar de uma coisa que preciso fazer."

Mas Gabriel não está em seu armário nem em qualquer lugar próximo. Aliás, Diana também não, e minha imaginação fértil presume que devem estar juntos. Pego as minhas coisas, conformada em chegar mais cedo para a aula. Fecho a porta do armário e vejo a garota de cabelos curtos e saia estampada bem na minha frente. Surpresa, dou um pulo para trás.

"Desculpe", diz ela. "Não quis assustá-la. Só parecia que você estava chateada com alguma coisa e pensei que talvez quisesse conversar sobre isso."

Posso não ter as mesmas habilidades sociais que a Sheila, mas até eu reconheço uma escaladora social que está se esforçando um pouco demais. Mas, se estou certa sobre ela ser uma aluna nova, talvez esteja apenas desesperada por amigos. Talvez nem saiba quem eu sou, muito menos entenda a peculiar dinâmica social que governa Fidelity High. Talvez suponha que, se estávamos juntas na mesma festa, faz sentido que sejamos amigas.

Agora, se eu fosse Sheila Trust, mandaria essa garota para longe com uma jogada de meus cabelos, um suspiro propositadamente alto e um nariz dramaticamente empinado, mas ainda bem que não sou ela. Portanto, eu poderia muito bem ser a anti-Sheila. Claro, não sou exatamente uma vendedora de simpatia, mas não vou morrer por ser legal com essa garota.

"Você já teve um dia daqueles?", pergunto.

"O tempo todo", afirma ela.

"É, acho que vou ter um dia assim, e a aula ainda nem começou."

"Às vezes, só preciso me lembrar de que amanhã é um novo dia."

"É, bem, nunca fui muito otimista, mas vou tentar. Viu só, já estou falando com mais otimismo", concordo.

Ela sorri em resposta, e percebo que agora é um bom momento para ir embora. Saio, murmurando algo sobre como a minha professora reclama dos atrasos, o que, felizmente para mim, é uma grande mentira.

"Bom, a gente se vê por aí", despede-se a garota.

Santo Deus, espero que não. Percebo que isso é muito Sheila da minha parte, mas não tenho o menor interesse em chorar as pitangas com uma menina cansativa dessas. Na verdade, já estou torcendo para ela não entrar na próxima lista de convidados.

Hanna

O rádio da cafeteria enche nossos ouvidos com os gemidos de uma vocalista estranha, que mais parece um canto suíço das montanhas. Apesar de haver bastante movimento no sábado à noite, o burburinho não é suficiente para abafar a tentativa de canto. Isso me deixa com dor de cabeça e, se normalmente teria paciência com as sentimentalidades do Alex, começo a ficar irritada. Ele beberica seu *mocha latte* lentamente, sem dizer uma palavra.

"Qual é o seu problema?", questiono.

"Do que você está falando?"

"Você não disse nada a noite toda."

Ele encolhe os ombros e, antes que eu possa argumentar que isso não responde nada, diz:

"Só estou com muitas coisas na cabeça."

"Bom, você pode compartilhar algumas comigo", sugiro. "Até onde eu sei, é assim que funciona um namoro."

"A comunicação é uma via de mão dupla", aponta Alex.

"Que diabos isso quer dizer?"

"Não venha falar que você é sempre aberta e sincera comigo."

"É lógico que sou!"

"Ah, sim", ironiza ele. "E a lista de convidados?"

"O que tem a lista?"

"Você não pretendia me contar que não foi você quem fez."

Olho à minha volta, procurando alguém que possa ter ouvido, mas todos estão imersos em suas próprias conversas.

"Não pensei que você se importasse com essas coisas, e, além do mais, você descobriu tudo sozinho."

"Essa é a questão."

"Que questão?"

"Você poderia ter me contado", explica ele. "Sei que você ficou chateada com isso."

"Está tudo sob controle. Você não precisa se preocupar."

"Não, Hanna, não é assim que funciona esse negócio de comunicação. Você deveria se abrir pra mim, e não manter tudo trancado."

Estou quase chorando. Alex me conhece melhor do que ninguém, mas não me conhece de verdade.

"Não vamos fazer isso agora", peço. "Aqui, não. Não assim, em público."

"De que importa?", indaga ele. "Você tem medo de descobrirem a verdade? De saberem que você é humana?" Ele balança os braços, indicando a cafeteria lotada, onde diversos alunos da nossa sala estão ocupados com sua socialização de sábado à noite.

"Não vou brigar com você em público", respondo.

"Tudo bem", diz ele. "Eu já estava pronto pra ir." Ele se levanta. "Vamos."

"Por que você não vai pra casa?", sugiro. "Acho que vou andando pra minha. Preciso esfriar a cabeça."

"Não seja ridícula, vamos."

"Pode ir, Alex. Já sou bem grandinha. Posso cuidar de mim mesma."

Ele vasculha o lugar com os olhos, lentamente, como se procurasse por demônios ou algum bicho-papão que pudesse ameaçar a minha segurança.

"Quem é ele?", pergunta Alex. "Você vai se encontrar com alguém?"

"O quê?", digo. "Agora você é que está sendo ridículo."

"Estou? Não sou idiota. Admita, Hanna, você já se encheu de mim faz tempo."

"Você não sabe o que diz", respondo. "Vá embora."

Ele não se despede, apenas empurra a cadeira e sai pisoteando o chão. Meus lábios tremem. Sinto uma tristeza entalada em minha garganta e meu coração queima de dor. O último lugar em que eu queria estar era sentada no meio da cafeteria. Sinto-me muito sozinha, mas não fico sozinha por muito tempo.

Uma garota de cabelos curtos que parece vagamente familiar, mas que não conheço, senta-se no lugar que Alex ocupava e se apoia na mesa. O choque é tão grande que não consigo falar.

"Oi, Hanna", cumprimenta ela, como se fôssemos velhas amigas. "Como você está? Vi o Alex ir embora. Aconteceu alguma coisa?"

Aconteceu tudo, mas não vou contar isso para ela, seja lá quem for.

"Desculpe", explico, em um tom antipático, porém educado. "Não estou no clima pra falar agora... Ah, aliás, acho que não sei o seu nome."

"Jasmine", responde ela, com uma ousadia inédita. "Da festa, lembra?"

Droga. Eu sabia que aquela brincadeira idiota da lista ainda voltaria para me assombrar. Para todos os efeitos, convidei essa garota para minha última festa e não sei seu nome.

"Jasmine", repito. "É claro, desculpe-me. Sabe, foi uma noite difícil e não sei onde estou com a cabeça."

"Ei, relaxa", pede ela. "Entendo perfeitamente. Na minha outra escola, namorei um cara chamado Mike por, sei lá, muito tempo. Sabe, no começo era tudo ótimo e eu era *muito* feliz, mas aí as coisas começaram a azedar e ele passou a agir como um babaca, e eu fiquei, tipo, chorando no banheiro todo dia. Foi horrível. Se algum dia você precisar de apoio, estou aqui."

Eu só queria que essa garota sumisse. Tem alguma coisa errada nela. Ela me lembra uma mosquinha voando perto do meu rosto, com o único propósito de me irritar. De onde ela surgiu? O que a Olivia estava pensando ao colocá-la na lista de convidados? Tudo o que desejo é fechar os olhos e desaparecer.

"Bom, agradeço a oferta. Mas, sério, não é nada disso. É só uma briguinha passageira."

"Claro, mas é assim que essas coisas começam. Então, você e o Alex já fizeram planos pra depois do ensino médio? Sabe, a faculdade e tudo o mais?"

Quem essa garota pensa que é? Não posso acreditar que ela esteja me perguntando isso!

"Olhe, agradeço a sua preocupação, mas estou bem. Sério."

Ela parece realmente desapontada com a notícia, ou talvez tenha sido o tom frio que usei para comunicá-la. Parece a hora perfeita para me retirar.

"Ah, você já está indo?", pergunta ela, enquanto junto minhas coisas.

"Está ficando tarde", falo. "E, como eu disse, esta não foi a minha melhor noite."

"Você não vai a pé, vai?"

"Na verdade, vou sim. Não é longe, e o tempo está agradável."

"Ficou louca? Está congelando lá fora."

"Eu trouxe meu cachecol."

Sem maiores desculpas, começo a percorrer meu caminho pelo labirinto de mesas até a porta, mas Jasmine chega antes e faz questão de abri-la para mim. Nunca vi garota tão pegajosa.

"Não posso deixar você andar sozinha até a sua casa", insiste. "Deixe-me oferecer uma carona."

Chamamos mais atenção de pé ao lado da porta do que debruçadas sobre uma mesa, e vários clientes nos observam enquanto tomam seus cafés. Não quero fazer uma cena.

"Se você insiste", concordo.

"Estacionei logo na esquina", diz ela.

OLIVIA

Enquanto ando pelo corredor escuro e abandonado, um pensamento terrível me deixa imóvel. E se eu estiver fazendo exatamente o que a Hanna quer? E se todos os meus esforços para enfrentar seu poder, para colocá-la em seu devido lugar, não forem os planos rebeldes que imagino que sejam? E se, secretamente, seja isso que ela queira que eu faça, e talvez sempre tenha sido? Com a Hanna, é impossível saber até onde vão os seus planos maquiavélicos.

Esse pensamento não brotou de nenhum outro lugar específico. Estava rememorando meus anos escolares quando percebi que tudo o que já fiz foi exatamente o que a Hanna queria. Não que ela me mandasse pular e eu obedecesse. A Hanna é uma megera esperta e maquiavélica. Ela pode induzi-lo a todo o tipo de coisas sem que você jamais suspeite de que não está agindo por vontade própria, mas, sim, seguindo o roteiro que ela lhe deu. Não estou falando de telepatia. A Hanna sabe como conseguir o que quer de qualquer pessoa.

Não é tão difícil imaginar que esses sentimentos de ódio que vêm se acumulando em mim há algum tempo não sejam minhas verdadeiras emoções, mas projeções das emoções que a Hanna quer que eu sinta. Talvez ela realmente deseje ser removida do poder à força. Mas a questão permanece: por quê? As obras da mente de Hanna são um mistério para mim, mas até mesmo eu duvido que haja qualquer motivo para ela querer ser destronada. Qual seria o propósito? Não faria o menor sentido.

Talvez agora, pela primeira vez desde aquele fatídico primeiro dia do jardim de infância, há tantos anos, eu esteja agindo de forma autônoma. Talvez, pela primeira vez desde que fui acolhida sob a imensa asa da Hanna, esteja agindo por conta própria de uma forma completamente original. A Hanna conseguiu me manter submissa por todo esse tempo. É hora de me erguer e recuperar a minha vida. É hora de mostrar à Hanna que ela não é o ser todo-poderoso que imagina ser.

É hora de fixar a próxima lista de convidados. São quase seis e meia e a escola está vazia. Até os alunos mais assíduos já partiram para o jantar. Estamos apenas eu, a equipe de faxineiros e uma folha de papel sulfite contendo o que, amanhã de manhã, todos interpretarão como a lista de convidados da Hanna.

Então, o barulho de algo caindo, ou de alguém derrubando alguma coisa, ecoa pelo corredor. Paro e seguro a respiração. Espero para ouvir mais sons, talvez o ruído revelador daquele mesmo alguém pegando o objeto caído. Sem ouvir mais nada, decido que deve ter sido apenas um pôster do tipo "não use drogas" descolando da parede do banheiro, ou ratos entrando na vitrine de doces da loja da escola.

Tiro um alfinete do meu bolso, apoio o cotovelo no quadro de avisos e paro, olhando espantada para o quadro. Alguém foi mais rápido do que eu.

Como fizeram isso? Quem foi? Preciso dar uma boa olhada nessa lista. A luz quase inexistente do corredor impede que eu leia os nomes. Por um instante, penso em ir atrás de um faxineiro e inventar uma história muito convincente sobre por que é tão importante me emprestar uma lanterna, mas me lembro da minilanterna em meu chaveiro. Tiro-a do meu bolso. É ridiculamente pequena, ainda menor do que me lembrava, mas terá de servir. Seguro-a diante do papel para ler a lista.

De início, parece ser uma lista tipicamente *hanniana*. Nome conhecido após nome conhecido, a mesma porcaria de sempre, mas então vejo, camuflados entre a elite da escola, os nomes daqueles cuja popularidade é suspeita ou inexistente. Quando chego ao fim da lista – uma lista mais radical e ousada em sua escolha de alunos do que qualquer uma que eu ousaria escrever –, sei que Hanna não fez isso.

Não estou sozinha. Alguém mais compartilha meu desejo de ver a poderosa Hanna Best cair. O pensamento deveria me animar, mas não funciona. Estou fula da vida. Como ousam? Quem eles pensam que são?

Por um momento, sinto pena da Hanna. Não, não faz o menor sentido. Ela é minha amiga, minha melhor amiga, é verdade, porém também é o objeto do meu ódio, o dragão que preciso destruir. Em vez de me animar com a lista impostora, tenho vontade de tirá-la do quadro e rasgá-la em pedacinhos. Quem quer que a tenha colocado lá, queria roubar o meu momento. Essa é a minha jornada, não de outra pessoa. Que direito ela tem de tirar isso de mim? Sou a melhor amiga da Hanna, portanto sou a única que deveria tramar sua queda, eu e somente eu.

Qualquer um poderia ter feito essa lista, mas minha intuição diz que foi uma integrante da turma. Quem mais teria a audácia? Nem mesmo um aluno desesperado por popularidade e pela aceitação de seus colegas tomaria uma atitude tão arriscada, e potencialmente suicida, como passar por cima da autoridade de Hanna. Todos no colégio temem a Hanna tanto quanto a respeitam. Confeccionar uma lista de convidados falsa não é algo que eles fariam. Mas nenhuma das garotas da turma tem medo da Hanna, com a possível exceção de Patrícia, mas ela tem medo até de sua própria sombra. Isso é obra de alguém próximo.

Estico o braço para retirar a lista impostora – isto é, a outra lista impostora –, mas então me lembro dos nomes que li. Claramente, quem escreveu aquela lista é mais ousado do que eu. No geral, a lista é mais chocante, mais ousada e, acima de tudo, mais prejudicial à reputação da Hanna do que a minha versão. Substituir essa lista mais bem elaborada pela minha não ajudará ninguém, exceto a Hanna.

Afasto-me do quadro de avisos, amassando minha própria lista de convidados com a mão, antes de jogá-la na lixeira mais próxima. Então, ouço novamente. Dessa vez, é um barulho mais suave, como um farfalhar. Encaro a lata de lixo e de novo penso em ratos, mas não vejo nenhum no corredor.

"Hanna?", A voz é masculina, mas, mesmo assim, presumo que desvendei o mistério de quem fixou a falsa lista. Como um *serial killer* que vive atormentando a polícia, o autor do crime esperou por horas, só para provocar a Hanna quando ela aparecesse para colocar a lista verdadeira.

"É a Olivia", respondo.

Alex Journer surge das sombras. Não consigo ler a expressão em seus olhos. Não há sorriso de reconhecimento em seus lábios.

"Você está meio atrasada", diz ele.

"Esqueci meu livro de Física", explico. Ele olha para os meus braços vazios. "Preciso ir ao meu armário buscar."

"Mas o seu armário não fica nesse corredor."

Contar uma mentirinha ou outra pode causar problemas.

"Sei disso", respondo. "Eu procurava um faxineiro com uma lanterna. Está muito escuro pra ler os números dos armários." Percebo que, se Alex me viu lendo a lista com minha própria minilanterna, acabo de contar outra mentira idiota.

"Tenho uma pequena no meu chaveiro", oferece ele. "Venha, vamos tentar isso."

Solto um suspiro quase silencioso de alívio ao seguir Alex pelo corredor. Ele não me viu lendo a lista de convidados, mas há uma pergunta não respondida: o que Alex está fazendo na escola a essa hora? Se existe alguém que nunca fica até tarde na escola, esse alguém é o apático Alex Journer.

A luz da minilanterna de Alex é ainda mais fraca do que a minha, e ele tem de ficar perto de mim enquanto giro a chave. Sua respiração chega quente à minha nuca, e me faz estremecer. Tiro o livro de que não preciso do armário e fecho a porta.

"Obrigada", digo, com um sorriso, e viro-me para ir embora.

"Eu levo você até o carro", oferece Alex. "Está tarde."

"Não tenho medo do escuro."

"Não? E do que você tem medo?"

"De não passar na prova de Física, que é exatamente o que vai acontecer se eu não for pra casa estudar." A mentira sai com muita facilidade da minha boca.

"E a Hanna?"

"O que tem ela?"

"Você tem medo da Hanna?"

"Não, é claro que não." Penso em minha lista amassada, agora no lixo. E se tivesse sido a Hanna em vez do Alex naquele corredor? E se ela me pegasse no flagra com a lista impostora? Não estou preparada para enfrentar sua ira. Alex está certo; tenho medo dela, o que é um problema, pois quero derrubá-la com todas as minhas forças. Isso implica lidar com sua ira. Não estou pronta.

"Estou apaixonado por você", dispara Alex.

Não é justo. Por que alguém como o Gabriel não pode dizer isso para mim? Por que tem de ser o namorado da minha melhor amiga? Mas eu sei. Posso sentir lá no fundo. Nunca vou ficar com o Gabriel. É culpa da Hanna. Nossas vidas estão entrelaçadas. Odeio ela. Se eu não fosse tão covarde, simplesmente me livraria dela de uma vez por todas, para me libertar e viver minha própria vida. Tenho medo. Tenho medo da Hanna e tenho medo de ficar sozinha, sem ela.

Alex se inclina na minha direção. Sei que eu deveria me afastar. Sei que deveria sair correndo. Em vez disso, fecho os olhos. Nossos lábios se encontram, e finjo estar beijando Gabriel. Imagino se isso é o mais perto que vou chegar de beijar o garoto que desejo. Uma pessoa mais corajosa iria atrás do Gabriel, contaria o que sente. Uma pessoa mais corajosa não se conformaria em beijar o namorado da melhor amiga e pensar em outra pessoa. Mas sou uma covarde.

Sheila

Talvez a única coisa pior que Educação Física no primeiro horário seja ser obrigada a jogar vôlei misto na aula de Educação Física do primeiro horário. Apesar de eu ter protestado com a Srta. Lang que passar a aula andando pelo ginásio seria um exercício muito mais completo do que ficar parada esperando uma bola branca vir voando para nossas cabeças, tive de participar daquele jogo ridículo. E parece que minha aula de Educação Física é cheia daqueles garotos que insistem em levar o jogo a sério, como se jogar a bola na rede fosse um problemão.

A bola vem em minha direção e faço um daqueles movimentos que dão a impressão de que estou tentando, apesar de não ter a mínima chance de alcançar a bola, a menos que eu mergulhe no chão, mas isso não acontecerá. A bola quica inofensivamente no chão, e, quase que imediatamente, o apito da Srta. Lang soa em meu ouvido.

"Meus parabéns", reclama um idiota. Parece que perdemos o jogo e agora estamos trocando de lado.

"É a terceira vez esse ano." Ouço Melissa Drackett dizer a Ryan O'Dowd.

"Popularidade é uma coisa passageira", responde Ryan. Isso, é claro, chama a minha atenção, mas, agora que a nova partida começou, é mais difícil ouvir a conversa.

"Mas ele está arrasado", comenta Melissa. "Não pensei que ele ligasse pras festas da Hanna."

"Vai ver é por isso que ele não está na lista. Talvez ela tenha sentido muita indiferença da parte dele.

"Você acha? Tudo o que sei é que ele ficou bem chateado. Ele perguntou se eu deixaria de ir, sabe, pra dar um apoio. Eu quero ficar do lado dele, mas essa é a festa de Natal. É tipo a melhor festa do ano, sabe?"

Então, é como se o mundo parasse, e ouço as palavras de Melissa ecoando em minha cabeça. *Terceira vez esse ano. Festa de Natal.* Espere aí. Isso quer dizer que a Hanna fez uma lista de convidados sem me consultar? Não posso acreditar nisso.

"Cuidado!", grita alguém.

Quando me dou conta, um enorme objeto branco está a centímetros de meu rosto. Bum! A bola bate em meu nariz a tamanha velocidade que me derruba no chão.

Quinze minutos depois, estou sentada naquele sofá verde horrível da enfermaria com um saco de gelo no nariz, enquanto Gilda tenta se lembrar de todos os nomes que estavam na lista.

"Ah, eu acho que aquele cara que joga futebol americano também entrou", informa.

"Ah, certo, *ele*", digo, sarcasticamente.

"Sabe de quem estou falando, né?"

"Gilda, tem alguns caras no colégio que jogam futebol americano. Você vai ter de ser um pouco mais específica. Muito esclarecedor, "ele joga futebol americano"... Você não sabe mesmo o nome dele?"

"Se você continuar toda estúpida, vou voltar pra aula."

"Você nunca vai à aula. Vamos lá, quem mais está na lista?"

"Hum, Denise Cole e Charlie Liebenz."

"Tudo bem, você continua dizendo nomes que eu não conheço."

"Você não conhece a Denise? É ela que desenha aqueles dragões legais na aula de Artes."

"Pessoas que desenham dragões não pertencem à lista de convidados. Essa festa vai ser um lixo."

É durante minha recuperação (meu machucado na aula de Educação Física foi tão sério que preciso passar o segundo e o terceiro horários na enfermaria) que chego a uma conclusão importante. Hanna é uma vadia maldosa e traidora. Sempre me desviei do meu caminho para apoiá-la e ser uma amiga leal, mas agora já chega. Fixar aquela lista ridícula, sem me contar, sem me consultar, foi como um tapa na cara. Sei aonde ela quer chegar e, sinceramente, estou farta disso. Agora é guerra.

Não falo com a Hanna ou com qualquer outro membro da turma pelo restante do dia. Não apareço para o almoço e, em vez disso, saio com a Débora e a Karen para buscar uma daquelas saladas de fast-food nojentas, que ainda assim é mil vezes melhor do que qualquer coisa que eles servem na lanchonete. Débora e Karen querem falar sobre a lista de convidados, mas desvio do assunto.

"Trabalhei feito louca pra essa ser a melhor festa de todos os tempos", anuncio. "O tema será 'Inverno no País das Maravilhas'. Vocês vão adorar. Ah, e a comida vai vir de um buffet."

"Mas e a Nadia Benhurst?", pergunta Karen. "Aquela porca vai comer tudo!" Isso faz com que as duas soltem uma gargalhada idiota.

"Mas, sério, por que ela está na lista?", indaga Débora. "Ela parece uma otária."

"Segundo o espírito natalino", explico, inventando qualquer bobagem, "devemos partilhar nossa popularidade com os menos afortunados."

As duas parecem engolir a resposta. Débora diz: "Parece que o fantasma do Natal passado está assombrando Fidelity."

Enquanto ando pelo estacionamento na volta do almoço, com Débora e Karen correndo na frente com medo de se atrasarem para a aula, escorrego em um pedaço de gelo. Não chego a cair, mas, quem diria, Alex Journer escolhe esse exato momento para surgir de repente. Não sei como ele faz isso, mas juro que é assustador o modo como ele aparece do nada às vezes. Alex segura meu braço para me equilibrar, embora eu não estivesse em perigo de cair no chão.

"Eu posso processar você por isso", aviso, puxando meu braço de suas mãos.

"Sheila", diz ele, naquela sua voz ridícula de cara sensível, "como você está? Fiquei sabendo do seu nariz."

"Estou bem", respondo.

"Fiquei preocupado por não ver você no almoço."

"Não existe nenhuma regra dizendo que eu tenho de almoçar com a turma todos os dias." Meu Deus, ele é um puxa-saco dos infernos. "Fiquei preocupado por não ver você no almoço?" Ah, que ladainha! Então, lembro que preciso ser boazinha com ele, o que é mais difícil do que parece. Ainda assim, alguém lá em cima deve gostar muito de mim, pois está me dando a oportunidade perfeita. Acabei de me machucar, e aqui está o Alex para bancar o cavaleiro em sua armadura brilhante.

De repente, vejo que meu joelho não consegue suportar o peso do meu corpo, e me jogo aos braços do Alex enquanto mancamos pela calçada. O cara nem hesita. Está pronto para ser fisgado.

"Pra falar a verdade, Alex, estou meio triste, porque a Hanna anunciou aquela lista sem me contar. A gente tinha combinado de planejar essa festa juntas. Isso me magoou, sabe?"

Ele me olha com aqueles olhos escuros que estão mais para vira-lata sarnento do que para filhotinho. Continuo encarando-o por mais tempo do que o confortável. Ele desvia o olhar, mas posso perceber que meu plano já está funcionando.

"Entendo", responde ele. "Ela também não me conta sempre as coisas. É uma pessoa complicada."

"É, talvez seja isso", concordo, e depois acrescento, em uma voz baixa, porém alta o suficiente para Alex ouvir: "Ou talvez ela seja uma megera."

Ao entrarmos pelas portas da escola, já posso sentir. Uma aliança começa a se formar entre nós. Hanna, você já era.

Patrícia

Em todos os lugares que vejo, há sincelos e flocos de neve. Todos. Sheila não deixou passar nada. Ela insistiu em preparar toda a decoração. Não consigo imaginar o quanto isso tudo custou.

"Onde está o limpa-neve do município quando mais se precisa dele?", pergunta Olivia, tirando flocos de neve de uma cadeira para poder se sentar.

"Mas está bonito, não está?", pergunto.

"Tudo de primeira, na minha opinião", comenta Olivia.

Sei o que ela quer dizer. Parece algo forçado demais. É reconfortante pensar que talvez eu não seja a única que se preocupa em manter tudo no lugar, em fazer a coisa certa. Talvez nem a maníaca por popularidade Sheila Trust entenda, talvez nem ela tenha descoberto a fórmula perfeita. Isso parece evidente pelo clima da festa, que não está nem perto da alegria e da festividade que se espera de uma boa comemoração. Não que as pessoas pareçam entediadas. Só não parecem estar se divertindo tanto.

De pé no corredor, vendo todos através da porta da sala, não posso deixar de notar aquela garota. Acho que seu nome é Jasmine. Está animada e simpática demais, de um jeito falso, como se fosse a irmã gêmea nerd de Sheila Trust. Vejo-a observando a multidão, procurando um rosto familiar, e saio de perto da porta antes que façamos contato visual.

"O que foi?", questiona Olivia.

"Nada", respondo. "Tem alguém aqui que não estava na lista de convidados."

"Não me diga que a Sheila fez a sua cabeça."

"Não, mas é verdade. Acabei de vê-la ali."

Olivia olha para mim como se eu tivesse três cabeças.

"Estou surpresa", admite ela. "Nunca pensei que você fosse o tipo de pessoa que memoriza todo mundo da lista."

É então que percebo meu erro, mas é tarde demais para desfazê-lo. Não sei o que o olhar de Olivia significa. Preciso inventar alguma explicação.

"É só que, bem, você sabe como a Sheila é", explico. "Ela queria rever a lista comigo. Pra eu contar quem era quem dos ninguéns, esse tipo de coisa. Aquela Jasmine ali, sei que não estava na lista."

Será que ela acredita? Será que ela se importa? Estou sendo muito paranoica?

Olivia espia pela porta.

"Está vendo ela?", pergunto. Olho por cima da cabeça de Olivia, mas não vejo Jasmine. Ela deve ter ido para outro cômodo. Em seu lugar, noto Alex, quieto e sozinho num canto, e algo dentro de mim começa a doer.

"O Alex parece entediado", afirmo.

"Está mais pra bêbado."

"O quê?"

"Não me diga que você não sabe. O Alex sempre faz um esquenta antes das festas da Hanna. É a única maneira de conseguir aguentar a noite."

Isso só me faz gostar ainda mais dele. Ele é humano, tem defeitos, não sabe lidar com as festas da namorada e provavelmente também não sabe lidar muito bem com ela. E se o próprio namorado não sabe lidar com ela, então talvez a Hanna não seja tão perfeita quanto parece.

Gilda

Passei a noite inteira como se estivesse presa ao globo de neve mais cafona do mundo. O Natal não é exatamente minha data predileta, e talvez a única coisa pior que animação excessiva seja animação excessiva regada a música ruim. Duas horas nesta festa dos infernos e já ouvi três versões diferentes de "Jingle Bell Rock", cada uma pior do que a outra.

"E aí, cadê sua fantasia de duende?", pergunta Alex.

"Devo ter esquecido junto com o meu espírito natalino", digo.

"Vire essa boca pra lá. Morro de medo de assombração."

"Não esse tipo de espírito, Alex. Ah, deixa pra lá."

Alex puxa um floco de neve iridescente que está pendurado na lareira e o vê flutuar lentamente até o chão.

"Sinto um toque de Sheila Trust", comenta.

"Sim, esta festa é dela", concordo, e depois percebo que talvez não devesse ter dito isso. Teoricamente, esse evento é da Hanna. "O que quero dizer é que a Hanna deixou a Sheila cuidar da decoração, da comida, essas coisas. A Sheila se acha capaz de fazer tudo muito melhor."

"E o que você acha, Gilda? Está muito melhor?"

"Não sou muito de festas", explico.

Ele sorri, e não tenho certeza, mas parece que pisca para mim. Isso deveria ser alguma piscada de antissocial para antissocial, do tipo "eu também odeio festas"?

Penso na última festa, no Gabriel, que vi escapando para o porão com alguns outros caras da sala e com vários copos de bebida. Torci para nossos olhos se encontrarem no meio da multidão, como na cena de um filme ruim em que um violino começa a tocar uma música melosa e corremos para os braços um do outro. Então, percebi que isso lembrava muito mais um pesadelo do que um sonho. Foi aí que vi Alex.

Ele não tem nada de especial, não mesmo, mas talvez seja isso que o torne tão interessante. Ele é tão real, tão fácil de conversar. Não nasci para ficar com o Gabriel, Alex é o meu destino. Sei disso. Posso sentir.

"Olá, vocês estão gostando da Grande Festa?", pergunta Sheila, fazendo suas rondas obrigatórias.

"Só estou curiosa pra saber o que tem de grande aqui. A começar pela música."

"Gilda, você pode agir como uma pessoa normal pelo menos uma vez na vida?"

"Talvez nós sejamos as únicas pessoas normais aqui", retruca Alex.

"Rá!", exclama Sheila. "Não me faça rir."

"Por que a máscara pode cair, revelando sua cara de alienígena?", pergunto, e Alex ri.

"Não dê ouvidos, Sr. Journer. Ela só está com ciúmes porque fui eu que planejei a festa toda."

"Ficou bem... invernosa", comenta Alex.

"Obrigada", agradece Sheila, e começa a olhar de um jeito estranho para Alex. Parece até que está bêbada. Ela coloca a mão sobre o braço dele. "Estou feliz por ter encontrado você, Alex. Preciso de uma ajuda masculina pra uma coisinha." Agora, é claro, aquele olhar estranho faz todo sentido. Ela precisa de um favor e acha que Alex vai cair em sua armadilha. Fico bem desapontada ao ver que ele realmente cai. Sheila o leva embora pelo braço.

O som começa a tocar "Merry Christmas, Baby", e preciso desesperadamente de um lugar para vomitar.

Hanna

Para um pai que ensina o filho a andar de bicicleta, aquele primeiro passeio sem rodinhas deve ser um momento de sentimentos contraditórios. Por um lado, você sente emoção ao ver as costas de seu filho enquanto ele pedala, hesitante, no início, e depois cada vez mais confiante ao tomar distância. Haveria essa alegria e esse orgulho em seu coração, e você pensaria: "Consegui! Consegui! Ensinei-o a andar de bicicleta!" Mas também existe um outro lado seu que, ao vê-lo cada vez menor à medida que se afasta, percebe que ele não precisa mais de você. Que, depois de todas essas horas, depois de curar os joelhos arranhados com beijos e curativos, você não é mais necessário. Obrigada, pai. Adeus, pai.

Supérflua. Foi isso que me tornei. Tenho sido por um bom tempo, acredito eu, porém só agora, vendo uma festa pela qual não levantei um único dedo (embora, para ser justa, a Sheila tenha me mantido informada de todo o planejamento de sua Grande Festa, inclusive fingindo pedir minha opinião para as coisas), observando os convidados, todos selecionados por uma lista que não escrevi, só agora percebo que treinei muito bem as integrantes da turma. Bem até demais. Elas não precisam mais de mim.

Se eu desaparecesse, se deixasse de existir de repente, quem sentiria a minha falta? Não estou dizendo que não sofrerão a minha morte; não são desalmados (bem, pelo menos não completamente), mas a vida continuaria no rumo certo. As discussões do almoço permaneceriam mais ou menos iguais, apenas com uma voz a menos. As festas continuariam sendo feitas, as listas de convidados seguiriam existindo. A instabilidade daria lugar a uma pedalada firme e confiante, e, sem olhar para trás, o ciclista, agora experiente, ganharia cada vez mais velocidade.

OLIVIA

Dois dias após o Natal, no meio das férias, somos todas convidadas a nos reunirmos na casa da Hanna, para uma divertida noite de chocolate quente e filmes toscos, ou pelo menos é isso que promete a todo-poderosa. Talvez seja uma prova de nosso fracasso como garotas populares que não estejamos cheias de outros compromissos durante a semana de férias. Apenas Sheila faz algum estardalhaço sobre ter de adiar uma viagem que todos sabem que nem havia sido planejada. Quando apareço, na hora marcada, Hanna é a única presente.

"Cadê todo mundo?", pergunto.

"Ah, já, já elas chegam", diz ela. "Eu queria que você viesse mais cedo pra gente conversar. Faz tempo que não conversamos."

"Tudo bem, pode falar."

"Olivia, um diálogo geralmente envolve mais de uma pessoa."

"Muito bem, como você está? O que está achando do tempo?"

"Você conversa com o Alex?", dispara Hanna.

A pergunta me deixa em pânico por um momento. *Meu Deus*, penso, *ela sabe*. Recomponho-me quase que imediatamente, mas sinto que não importa. A Hanna é esperta. Deve ter visto o pânico em meus olhos, mesmo que tenha sido por um único segundo.

"Falei com ele algumas vezes", devolvo.

"E o que você acha que ele sente por mim?"

"O que ele sente por você?", repito, tentando ganhar tempo. "A gente nunca conversou sobre nada muito profundo."

"Tenho passado muito tempo pensando sobre o futuro e estava imaginando se você tinha alguma ideia do que o Alex pensa sobre o assunto."

"Por futuro você quer dizer o quê? O baile ou o ano que vem?"

"Você me conhece faz tempo, Olivia, e você já me viu voltar atrás em alguma decisão?"

"Você nunca me pareceu uma pessoa indecisa."

"Quando escolho alguém, continuo com essa pessoa, certo?"

"Certo", concordo, sem acrescentar que ela não deveria ter escolhido a Sheila. Bem, também se pode argumentar que ela nunca escolheu a Sheila.

"Pois bem, escolhi o Alex, e não tenho intenção alguma de deixá-lo escapar, nunca."

Com certeza, ela sabe. Tem de saber. É a única explicação para essa conversa. Quando foi que eu e a Hanna nos sentamos para conversar sobre a vida?

"Ninguém disse que você precisa deixar, Ham", digo.

"Não sou idiota", avisa ela.

Meu corpo sua com uma intensidade alarmante. Nunca me senti tão claustrofóbica antes. Sinto-me sufocada. Olho para a porta, como se pudesse me teletransportar para fora em um passe de mágica.

"Sei como tudo isso funciona", continua Hanna. "A gente se forma no ensino médio e faz todas essas promessas de ficar junto pra sempre, depois a gente segue o nosso caminho e, em dois anos, não consegue nem imaginar a paixão que nos governava durante a adolescência. Estamos destinados a nos tornar personagens do passado um do outro, o amor dos tempos de colégio do qual falaremos por muitos anos depois."

Seu discurso tomou uma direção diferente do que eu esperava, e, apesar de não confiar que eu esteja totalmente livre, meu pânico diminui.

"Você está sendo muito radical", consolo. "Muitas pessoas se casam com o namorado do ensino médio."

Muitas pessoas têm uma paixão no ensino médio, porém a Hanna é a única de nós que tem um namorado de verdade. É como se, para as outras, a Hanna e a turma substituíssem a necessidade de cada uma ter o seu próprio namorado, o que não faz o menor sentido. Mas vi com o Gabriel como as coisas eram passageiras – por um ou dois segundos ele parecia realmente interessado em mim, e então, de repente, escapou. Eu poderia culpar a Diana, mas não foi culpa dela. Foi da Hanna. Quão patético é o fato de que a coisa mais próxima que eu já tive de um namorado seja o Alex?

"O Alex nem pensou nessa ideia", argumenta ela. Percebo que ela deixou seus sapatos caírem e está esfregando insistentemente os dedos no chão, como se implorasse para que o assoalho se abrisse para engoli-la.

"Bem, não estou dizendo que vocês vão se casar agora. Não estou dizendo que com certeza vocês se casarão, mas, se ele for realmente o cara certo pra você, então não vejo motivos pra não se casarem. Algum dia. Lá na frente."

"Eu não suportaria perdê-lo. Você entende isso?", pergunta ela.

"Por favor", falo, "você é a pessoa mais forte que eu conheço. Pode suportar catástrofes de qualquer magnitude. Um fim de namoro não é nada."

"Sem o Alex, acho que eu sumiria."

Estou prestes a questioná-la sobre isso, no entanto, ela para de esfregar os pés no chão e olha para cima. Ouço vozes lá fora. Ouço Sheila Trust dizer, aos berros:

"Tons pastéis estão sempre na moda!"

Então, a campainha toca.

Sheila

O segundo melhor dia do colégio é o dia depois das férias de Natal. O primeiro, lógico, é o primeiro dia do ano letivo. Os dois têm muito em comum. Ambos são dias de novidades, novas roupas, novos brinquedos e, às vezes, até novos amores. Além disso, simbolizam o início de algo. Em setembro, é o começo do ano letivo. Em janeiro, é o começo do fim do ano letivo.

Esse ano, mais do que nunca, estou ansiosa para chegar ao último dia de aula. Sim, é a formatura, e isso é algo que gera ansiedade, mas também vejo a data como uma oportunidade de explorar coisas maiores e melhores. Fidelity ficou pequena para mim. Quero seguir em frente. O ensino médio é uma mudança pequena. Tenho impérios maiores a conquistar. Mas um passo de cada vez; tenho uma déspota para derrubar.

Comecei a contar os dias para as aulas terminarem, fazendo um X com um marcador vermelho em meu novo calendário dos impressionistas, pois quero me lembrar de como falta pouco para derrubar a Hanna. Desfilo pela escola no dia 2 de janeiro com roupas novas, sapatos novos e uma determinação renovada. Nada vai ficar no meu caminho.

Principalmente uma subalterna patética com, sem brincadeira, um vestido de oncinha e meia-calça estampada, de pé ao lado do meu armário. Não, veja isso, *esperando por mim* no meu armário. Que diabos? Não sei ao certo, mas acho que ela estava na festa, numa das festas, talvez em todas elas. Tem algo assustadoramente familiar nela.

"Oi", cumprimenta ela, com um entusiasmo excessivo. "Como foram as suas férias? O que você fez de bom? Foi esquiar?"

"O quê?", gaguejo, e quero dar uma resposta curta, mas, em vez disso, ainda em estado de choque, respondo: "Esquiar? Quem?"

"Minhas férias foram meio chatas, mas fui visitar minha irmã por uns dias. Ela tem seu próprio apartamento."

"Nossa, isso parece muito emocionante. Estou morrendo de inveja."

"Por quê? Você não se divertiu nas férias?"

Essa otária não passou na fila do sarcasmo.

"Pra sua informação", solto, "minhas férias foram incrivelmente divertidas." Estou prestes a acrescentar algo para mostrar que isso não é da conta dela, mas a malcriada me interrompe.

"Que bom saber disso! Passou tão rápido, mas também é bom estar de volta. É..."

O sinal da aula toca, fazendo a pequena miss desastre fashion sair correndo pelo corredor com um aceno e um papo desnecessário sobre atraso ou algo do tipo. Fico parada, em choque, olhando para o espaço ao lado do meu armário que ela ocupava há alguns segundos, tentando decifrar aquele incidente.

"Parece que você viu um fantasma", comenta Alex, ao passar por mim.

"Você vai se atrasar pra aula", respondo, e depois lembro que eu deveria tentar fazer o Alex se apaixonar loucamente por mim. Tento balançá-lo com um olhar profundo de adoração. É forçado demais e ele nem presta atenção, perdido em sua terra dos sonhos mais uma vez.

"Espere, Alex", chamo. "Você viu aquela garota de meia-calça estampada passando pelo corredor alguns segundos atrás?"

"Foi difícil não ver."

"Quem é ela?"

"Sei lá."

"Ela estava nas festas, não estava?"

"Como eu vou saber? Essa não é a sua função? Você não é a princesa da popularidade?"

Meu Deus, isso não está funcionando. Quero que o Alex flerte comigo e faça piadas bobas, mas ele está praticamente rosnando para mim. Que dia infeliz! Ele acaba de me chamar de princesa da popularidade, e seu tom não foi de elogio. O que ele quer dizer com *princesa*? Certamente, não pode estar me colocando abaixo da Hanna – por acaso eu sou a princesa e ela é a rainha? Não é isso que eu quero. Quero estar no nível dela, não simplesmente ser a próxima na fila para o trono.

"Seu Natal foi bom?", puxo conversa, porém Alex já começou a ir embora.

"Bom?", diz ele, com seu mau humor habitual. "Comparado a ser esfaqueado até a morte por um maníaco homicida, foi realmente formidável."

Beleza, já entendi. Desculpe por perguntar. Cinco meses. Só tenho de aguentar por mais cinco meses e tudo estará acabado.

Patrícia

Em uma noite fria de janeiro, não há lugar melhor do que o galpão da piscina aquecida, com seu ar úmido e o aroma quase intoxicante de cloro. É por isso que, muito depois que todos já saíram, trocaram-se e correram para os ônibus ou carros, continuo aqui de maiô, sentada sobre um dos trampolins e olhando para as profundezas azuis da piscina, com sua superfície calma e translúcida como vidro, agora que o treino dessa tarde já acabou. Brinco preguiçosamente com a touca de natação em minhas mãos e estico o pé para baixo, até que meu dedo quebre a superfície perfeita e crie uma série de ondulações na água.

Não foi uma boa semana. Todos estão irritados e mal-humorados. Talvez seja um distúrbio afetivo generalizado. Talvez sejam os hormônios. Ou é possível que todos sintam o mesmo que eu, que as férias foram curtas demais, que era melhor estar em qualquer outro lugar, menos aqui, arrastando-se pelo inverno longo e escuro até que a primavera tão distante chegue para nos encher com a esperança do verão e a promessa de coisas boas que nos esperam.

Claro, não é só o inverno interminável que está me deixando desanimada. O meu péssimo humor foi causado por duas outras coisas. A primeira é Alex Journer. Não é o próprio Alex que me entristece, muito pelo contrário.

É o fato de saber que nunca terei Alex Journer, que isso não pode acontecer, nunca. Isso é um problema, uma vez que determinei que estou louca, total e completamente apaixonada por ele. A segunda coisa que me faz sentir como um esquilo cuja coluna vertebral foi reduzida a pó por um caminhão é a Hanna, a qual decidi odiar do fundo de minha alma.

Eu costumava gostar de me sentar no fundo da piscina, praticando segurar a respiração e aproveitando o silêncio que existe debaixo d'água. Imaginava que o reino submarino fosse meu verdadeiro lar, não esse mundo podre feito de prédios e fumaça. Sinto saudade desse mundo fantasioso. Olhando para a piscina, quase posso vê-lo. Quando me esforço bastante, as raias parecem se dissolver, e uma estranha cidade de areia e conchas assume uma forma nebulosa, como uma miragem no deserto. Aproximo-me da ponta do trampolim, pronta para cair na piscina, pronta para mergulhar até o fundo, a fim de me sentar e apreciar a quietude, de buscar o mundo misterioso e encantado que chama por mim.

Dou um pulo quando a porta se abre. Estou tão perto da ponta que quase caio sem querer, mas consigo me segurar e voltar em segurança para o trampolim, agora observando a escuridão do outro lado da sala, para ver quem acaba de chegar. Passos ecoam pelo piso azulejado, e penso que pode ser a treinadora Lerner voltando para buscar algo que esqueceu, ou talvez para apagar o restante das luzes.

"Eu sei que você escreveu aquela lista", diz o visitante. Olivia sai da sombra do outro lado da piscina.

De repente, o ar quente e úmido torna-se nauseante. Não consigo falar. Mal me lembro de como respirar. Penso no que deixei escapar na festa.

"Levei um tempinho pra descobrir, mas depois tudo fez sentido", explica ela. "Bem, a maior parte fez sentido."

"Olivia, ei", digo, querendo ganhar tempo. Volto a olhar para a piscina. Não é tarde demais. Eu poderia pular. Poderia mergulhar até o fundo, onde estaria sozinha, protegida pelo silêncio. É tentador, mas não funcionará. Eu teria de subir para respirar em algum momento, e lá estaria Olivia, esperando por mim. "Não sei do que você está falando", protesto.

"A Hanna não me mandou aqui, se é isso que você está pensando", rebate Olivia. "Ela nem sabe da lista. Bom, quer dizer, obviamente ela sabe que não a escreveu, porém não sabe quem foi. Talvez tenha descoberto, mas acho que não."

"Não espero que você entenda", retruco. Falo com a voz suave, mas a acústica da sala permite que Olivia me ouça em alto e bom som.

"Ah, mas eu entendo, veja, é essa a questão. Você queimou a minha largada."

"Não entendi o que você quis dizer."

"Escrevi minha própria lista. Entrei na escola à noite para afixá-la no quadro de avisos, mas a sua já estava lá, e tive de jogar a minha no lixo. A sua era muito melhor."

"Não acredito em você", digo.

"Estamos do mesmo lado", explica Olivia. Ela se inclina sobre o corrimão de aço da escada da piscina. "Estou tão cansada dessa merda quanto você."

Não faz nenhum sentido. Qual motivo a Olivia teve para inventar uma lista falsa? Ela tem tudo o que quer e é amiga da Hanna, sua melhor amiga, há mais tempo que qualquer uma de nós. Depois, começo a entender, pelo menos um pouco. Conheço Hanna há apenas dois anos e meio, e a odeio tremendamente. Olivia a conhece por quase a vida toda. Que tipo de emoções se formariam em uma pessoa durante todo esse tempo? Que tipo de ódio se desenvolveria quando o objeto desse ódio é a própria Hanna Best? Odeio Hanna Best, mas o que a Olivia sente deve ser um instinto assassino.

"Não sei do que você está falando", insisto, mas nem eu mesma estou convencida de minhas palavras.

"Esse pode ser o nosso segredo", diz Olivia. "Um assunto confidencial."

"Como espiãs?", pergunto. A sala parece ter esfriado de repente. Talvez os aquecedores tenham algum tipo de temporizador. Mal posso esperar para tirar o meu maiô e vestir roupas quentes e secas.

"Agentes secretas", acrescenta Olivia. "Você é perfeita pra isso. Tem um rosto tão inocente."

Estou cansada de ser a garota do rosto inocente.

"E agora?", indago.

"Agora ela está vulnerável", explica Olivia. "Precisamos agir enquanto o ferro ainda está quente."

"A Hanna nunca foi vulnerável. O conceito de vulnerabilidade nem se aplica a pessoas como ela."

Olivia suspira. "Estou vendo que ela deixou você deslumbrada como a todos os outros. A Hanna é tão forte quanto as pessoas pensam que ela é; uma vez que as pessoas, incluindo nós duas, deixem de vê-la como forte, ela então passa a não ser nada além de.uma inimiga frágil e indefesa, pronta pra ser derrubada."

Penso sobre isso, sobre como seria estar livre da Hanna. Estar livre da pressão de ser algo que não sou, essa garota popular que deve liderar e inspirar as outras pessoas. Imagino como seria me libertar dessa prisão, e a ideia é quase tão sedutora quanto aquele misterioso vilarejo de sereias debaixo d'água. Não preciso fazer tudo isso sozinha – com a ajuda de Olivia, poderíamos escapar juntas, sem nenhuma dificuldade.

"O que a torna tão vulnerável nesse momento?", questiono.

"Ela está preocupada", afirma Olivia. "Está preocupada com a formatura. Ela e Alex brigaram, e ela é muito dependente dele, dependente demais. Está morrendo de medo."

"A Hanna e o Alex brigaram?", pergunto, e, para a minha própria surpresa, minha calma desaparece e as emoções transbordam por minhas palavras.

"Parece que brigaram feio. Quase terminaram. Na véspera do Ano-Novo. Você não percebeu o Alex todo triste pelos cantos? Ah, que pergunta idiota. Ele está sempre triste pelos cantos."

"Achei que ele estava meio pra baixo, como todo mundo."

"Vou contar um segredo. Alex é um cara esperto, e acho que ele percebeu que pode ser mais feliz sem alguém como a Hanna Best. Seja lá o que for, tenho certeza de que ele não precisa dela nem a metade do quanto ela precisa dele."

Então, pela primeira vez na semana, aquela tristeza que tomou o meu peito diminui um pouco. Já sinto o gosto da alegria em minha boca. Alex. Talvez as coisas não sejam tão impossíveis quanto eu imaginava. Talvez, apenas talvez, eu tenha uma chance, e qualquer chance, por menor que seja, faz a luta valer a pena. Se Olivia tivesse me pedido naquele instante para matar Hanna Best, eu teria matado, juro que teria. Mas, para a minha sorte, e para a sorte da Hanna, seus planos não são assim tão dramáticos.

Gilda

Alguém começou uma contagem regressiva com batom cor-de-rosa no espelho do banheiro feminino que fica no segundo andar, perto da biblioteca, o banheiro que uso para evitar as aulas de Matemática. Hoje está escrito *118 DIAS PARA O BAILE*. O que me assusta mais do que o fato de alguém ter se dedicado tanto a essa contagem a ponto de atualizar os dias exatos – tendo de reescrever a mensagem diariamente, após, sem dúvida, uma faxineira apagá-la todas as noites – é que, pela primeira vez na minha vida, eu me importo com isso.

Naturalmente, minha primeira reação à mensagem foi de zombaria, porém comecei a pensar sobre isso. De início, 118 dias parecem muito tempo, mas lembre-se de que isso inclui os fins de semana e de que há muito a ser preparado para o baile. Quer dizer, as chefonas estão reservando a data e escolhendo o vestido perfeito, mas também existem os detalhes menores, não apenas o cabelo e as unhas, mas determinar quem vai se sentar à sua mesa, se você vai dirigindo para o baile ou se vai de limusine, na casa de quem você vai encontrar o pessoal, quanto tempo você deve dedicar às fotos que vai tirar. Sério, são muitos detalhes, e, como essa contagem regressiva me recorda todos os dias, o tempo está encurtando.

Eu sei, eu sei, sou Gilda Winston. Não deveria me importar com esse tipo de coisa, e uma parte de mim não se importa, uma parte de mim sabe como tudo isso é ridículo. Entretanto, a outra parte está tentando descobrir como é que eu vou conseguir fazer Alex Journer largar seu par atual e me convidar para ir ao baile com ele. É uma pena que o Alex não passe pelo banheiro feminino, senão também acharia a mensagem cor-de-rosa um tanto alarmante e, talvez, quem sabe, caísse na real.

"Vasculhei todos os banheiros do colégio procurando por você!", Sheila Trust entra afobada no banheiro, com seu excesso de energia habitual, e é claro que me culpa por não estar em nenhum dos outros banheiros que checou. Ela vê a mensagem escrita com batom e pega um delineador para acrescentar: *Agora é tarde pra chorar, você não tem par, vá se ferrar.*

"Muito inteligente", caçoo. "É você quem está escrevendo a contagem regressiva?"

"Por favor", bufa ela, "tenho coisa melhor pra fazer."

"Como inventar rimas idiotas."

"Nem comece, Gilda."

"Aliás, com quem você vai ao baile?"

"Ainda não decidi. Mas prometo que, se você for boazinha, passo meu estepe pra você."

"Você está supondo que eu ainda não tenha um par."

"Seus primos de Sheboygan não contam."

"Ele estuda em Fidelity", digo. "E é bem cobiçado."

"Se ele vai levar você ao baile, não pode ser tão cobiçado assim."

"Ele tem bom gosto."

"Desembucha logo."

"Nem pensar. Não quero você se metendo."

"Tá bom. Dane-se. Não tenho tempo pra isso."

Sheila continua se embonecando no espelho do banheiro, ignorando a minha presença, porém sem tanta sorte para ignorar a mensagem que obstrui a visão de seus cabelos.

"Ah, falando nisso", lembra ela, "preciso de um favorzinho seu."

"Tomara que você esteja brincando."

"Por acaso você conhece aquela garota que se veste como uma doida?"

"Você vai ter de ser mais específica", respondo. "Isso inclui noventa por cento dos seus amigos."

"Rá-rá. Aquela que a Hanna insiste em convidar pra todas as festas, toda falante e animada, meio simpática demais."

"Ah, sim, conheço ela."

"Preciso que você vire amiga dela", pede Sheila.

"Do que você está falando?"

"Está na cara que a coitada está desesperada por uma amiga, e quem melhor pra resolver isso? Sem ofensas, mas ia parecer estranho se eu tentasse ser amiga dela."

Tenho vontade de dizer que pareceria estranho se a Sheila tentasse ser amiga de qualquer pessoa, mas fico calada. Fico com medo de ela surtar.

"De onde surgiu esse sentimento altruísta?", pergunto.

"A gente precisa da confiança dela", explica Sheila. "Aquela garota tem potencial pra ser uma pessoa útil."

"Talvez eu não me sinta confortável em usar as pessoas."

Ela parece contemplar meu comentário, ou está contemplando seus cabelos, que parecem a alguns fios de distância de estarem absolutamente perfeitos.

"Quem quer que seja", diz Sheila, com uma voz quieta e conspiradora, "esse cara cobiçado, você estará nos braços dele na noite do baile. Só preciso que faça esse favorzinho pra mim."

"Tá bom", concordo, mesmo sem saber como eu contaria à Sheila ou a qualquer outra pessoa que o cara dos meus sonhos é o cara da realidade da Hanna, mas estou tão desesperada, tão sedenta por ele, que me acho pronta para correr como uma cachorrinha obediente para buscar as sandálias de minha dona. "Deixarei você e seu cabelo em paz. Preciso fazer amizade com uma desajustada social."

Atravesso o banheiro, parando na porta para olhar a Sheila. Ela desvia do espelho por tempo suficiente para que seus olhos encontrem os meus, selando nosso acordo.

Quão problemática eu devo estar para fazer um acordo com esse demônio de saias só por que existe uma mínima chance de eu ir ao baile com Alex Journer?

Decido não perder o meu tempo pensando em como exatamente vou contar a ela quem é o meu cara misterioso.

É melhor pensar no lado positivo... Em como será perfeito flutuar pela pista de dança com o Alex.

Hanna

Falta quase um mês para o Dia dos Namorados, mas aprendi a minha lição. Se eu demorar muito para revelar a lista de convidados, alguém fará a gentileza por mim. Apesar de haver uma boa possibilidade de divulgarem uma lista tão horrenda quanto a minha, também é possível que não cheguem nem perto. A lista que imprimi no computador da escola é um escândalo. Ah, fiz questão de incluir a elite de Fidelity – eles precisam estar lá para testemunhar o espetáculo. Nosso fracasso não é real se não tivermos uma plateia. Decapitações são sempre espetáculos públicos.

Saio da sala de Informática diretamente para encontrar Alex. Não sei por quanto tempo ele me esperou lá. Talvez estivesse me vendo durante esse tempo todo.

"Trabalho escolar?", pergunta ele.

Seguro a lista de convidados para baixo, sem que ele veja.

"Achei que você não ficasse depois da aula", comento.

"Não fico, mas você não estava em casa, então eu voltei. Preciso falar com você."

"O que você teria pra me dizer, Alex?"

Empurro-o e atravesso o corredor afobada, com a cabeça abaixada. Não olho para trás. Recuso-me a deixar as lágrimas que se formam em meus olhos caírem pelo meu rosto. Alex me alcança e fica plantado à minha frente.

"Não faça isso", pede ele. "Não fuja de mim. Não me ignore."

"Não me diga o que fazer", respondo.

"Por quê? Por que você é a Hanna e ninguém ousa desafiá-la?"

"Não, porque você não é nada pra mim, Alex. Você me disse isso na véspera do Ano-Novo, se lembra?"

Tentei não pensar na nossa briga. Tentei não pensar no que Alex disse aquela noite, e ainda não havia pensado nisso, pelo menos não conscientemente. Mas isso esteve o tempo todo escondido na minha cabeça, remoendo meu coração. Como posso não pensar em Alex se ele foi meu porto seguro por tanto tempo?

Tento passar por ele de novo, mas ele me segura com uma mão. Eu poderia empurrá-lo, mas não empurro. Não quero. Quero que Alex me abrace, passe seus braços em volta de mim, aperte-me com força e nunca me deixe ir. Mas ele não o faz. Ficamos parados ali, à distância de um braço. Ele me segura, porém se mantém afastado.

"Não foi isso o que eu disse, e você sabe", protesta ele. Parece sentir o mesmo que eu, como se fosse chorar. Parte de mim quer que ele se renda e chore, a fim de me dar forças para deixar minhas próprias lágrimas caírem, mas meu outro lado, aquele que é feito de aço, sabe que é melhor não cedermos aos nossos sentimentos. "O que você espera que eu faça ao me dar um ultimato desses?"

"Ultimato? Desde quando pedir pra alguém amar você e ficar ao seu lado é um ultimato?"

"Pra sempre, Hanna. Você pediu pra sempre."

Estivemos sozinhos, na casa dele. Ao nosso lado, a árvore de Natal brilhava com luzes coloridas. A televisão estava ligada e as pessoas festejavam na Times Square. Eu segurava a mão do garoto que amava, do garoto que me amava, e tudo isso parecia tão passageiro. Podia senti-lo escapando por entre meus dedos. Podia sentir tudo chegando ao fim. Eu sabia que não aguentaria. Não aguentaria perder Alex.

"Alex", disse eu, "preciso que você me ame e fique ao meu lado. Preciso que você prometa me amar pra sempre. Preciso que você prometa nunca me deixar."

Então, Alex disse as palavras que rasgaram a minha alma, as palavras que selaram o meu destino, o nosso destino. Naquele quarto que parecia quase abarrotado com a animação do fim de ano, a ponto de se tornar desesperado e triste, sentado naquele sofá esperando o início de um novo ano, Alex disse as quatro palavras que perfuraram meu coração como se fossem uma faca.

"Não posso prometer isso."

Como posso conciliar isso com o que esse outro Alex está dizendo aqui, no corredor da sala de Informática?

"Eu amo você, Hanna. Amo tudo em você."

Simplesmente não combina.

"Você está me entendendo?", indaga Alex.

"Não, Alex, acho que não."

"Não", concorda ele. "Como você poderia entender? Você nunca entenderia. É esse o problema."

"Alex, preciso ir agora. Acabou."

OLIVIA

O universo tem certas regras que nunca deveriam ser quebradas. Embora não esteja no topo da lista das regras invioláveis, esta é uma das grandes: garotas com o coração partido não devem fazer festas no Dia dos Namorados. Talvez essa seja a pior festa em que já estive em toda a minha vida. Existem motivos para certas pessoas não serem convidadas a eventos sociais do ensino médio, e, se você acha que estou amargurada porque a Hanna se antecipou a mim com sua última lista de convidados, bem, você está certo, mas a festa continua sendo um lixo, isso é fato.

Mas deve ser esse o objetivo. A Hanna é mais inteligente do que imagino e, quando viu o que estávamos tentando fazer, mergulhou de cabeça. Tem sido assim durante toda a minha vida, então não sei por que eu esperava que fosse mudar agora. Ela sempre esteve dois passos à minha frente, correndo disparada enquanto eu ainda pensava no que fazer.

Como se pudesse ouvir meus pensamentos (quem sabe, talvez ela possa), ela aparece do meu lado e passa um braço carinhoso pelo meu ombro. Sorri para mim daquele jeito Hanna, apesar de esse sorriso ser um pouco maior do que o normal, meio alegre demais e, pela primeira vez em, sei lá, toda a minha vida, posso enxergar por trás da máscara. Posso ver a menininha magoada que ela está se esforçando tanto para esconder.

"O que você achou?", pergunta ela.

"Pior festa da minha vida", confesso.

"Eu sei. Não é demais?"

"Não consigo entender, Hanna."

"O que tem pra entender?", inquire ela. "Era isso que você queria, não era? Veja." Ela aponta para o outro lado da sala. "Até o Gabriel está aqui pra ver tudo."

"Pare de apontar", digo.

"O quê, você gosta dele, não gosta?"

Gabriel nos vê olhando para ele. É meio difícil não perceber, com a Hanna apontando daquele jeito. Ele sorri e oferece um aceno amigável, mas mesmo do outro lado da sala posso perceber seu descontentamento. Fico surpresa ao ver que a Hanna sabe da minha paixão secreta, mas sei que é apenas mais uma prova de que ela sempre está à minha frente. Ela é e sempre será a poderosa Hanna, e eu sou apenas Olivia, sua fiel escudeira.

"Eu não sabia que você sabia." É tudo que consigo dizer.

"Ah, por favor!", exclama ela, balançando a cabeça. "Você é como um livro aberto, Liv, e o Alex sempre fica todo esquentadinho quando fala sobre o Gabriel, então imaginei que você tivesse uma queda por ele. Pelo Gabriel, é claro, porque sei o que o Alex sente por você."

"Você devia ter convidado ele", comento sobre Alex, que pela primeira vez não entrou na lista de convidados.

"Ele vai aparecer, de qualquer forma."

Ela está certa, é lógico. Graças ao recado que deixei em seu armário, Alex estará aqui em exatamente... Olho para o meu relógio. Bem, se ele fosse pontual, já deveria estar aqui, dividindo um chocolate quente e talvez algo mais com a Patrícia no quintal. Pretendo apenas tirar uma foto, para deixá-la anonimamente no armário da Hanna – ao contrário do meu recado para Alex, que assinei com meu nome, apesar de não ter nenhuma intenção de estar no local combinado. Alex pode ficar surpreso ao encontrar Patrícia em meu lugar, mas não acho que ficaria totalmente decepcionado.

Agora que a Hanna está aqui, no entanto, tão determinada a rir por último, para que desperdiçar uma oportunidade de ouro?

"Está meio abafado aqui. Vou lá fora tomar um ar", comento. Por que você não vem comigo?"

"Boa ideia", concorda Hanna.

Ela me segue pela porta dos fundos. Eu esperava por algo mais dramático, mas acho que é incriminador o suficiente. Os dois estão sentados no degrau do terraço, com a escuridão do jardim se estendendo sobre eles como um oceano negro e profundo. Alex está com o braço em volta de Patrícia. Ela descansa a cabeça sobre o ombro dele. Os dois estão forrados em casacos, chapéus e luvas, embora não esteja tão frio assim. Eles dão um pulo quando nos ouvem e se afastam rapidamente um do outro, o que é ainda mais incriminador do que se permanecessem sentados.

"Então", diz Hanna. Ela olha para Alex. Depois, olha para Patrícia. Finalmente, olha para mim: "Isso é o melhor que vocês podem fazer?", pergunta para mim.

"Não sei do que você está falando", respondo.

"Não é o que você está pensando", explica Alex, dando um sinal concreto de que, na maioria das vezes, é exatamente o que você está pensando, ou ainda pior.

"Não me lembro de ver o seu nome na lista de convidados, Alex", comenta Hanna. Sua voz é plana, fria, sem emoção. Fico desapontada. Se não lágrimas, esperava ao menos alguma demonstração de raiva. Mas não da Hanna, não da garota que tem tudo sob controle.

"Lembro de você dizer que o nome dela era Jasmine. Ela não está na lista."

Todos nos viramos para ver Sheila arrastando Gilda para fora. As duas olham para cima, tão surpresas em nos ver quanto estamos em vê-las.

"Acho que a festa de verdade é aqui", anuncia Gilda, soltando-se de Sheila. "Oi, Alex."

"Gilda", saúda ele, mexendo a cabeça.

"Ninguém mais lê a lista de convidados?", pergunta Sheila.

"Eu nem pisei lá dentro", defende-se Alex.

"Eu não estava falando de você", rebate Sheila. "Quer dizer, eu sei que você e a Hanna têm suas diferenças, mas não acho que ela devia tê-lo excluído da festa."

"Acho que ele está se divertindo mais aqui fora", comento. "Se você tivesse chegado alguns segundos mais cedo, teria visto ele ficando com a Patrícia."

Alex me olha com uma cara que me deixa até com frio.

"Isso não é verdade", protesta Patrícia. "A gente só estava conversando."

Gilda assiste à discussão como uma espectadora em uma partida de tênis. Hanna permanece fria e calma. Seus braços estão cruzados e ela espera pelo que vou dizer em seguida, mas não tenho mais nada a dizer.

"Não se preocupe, Patrícia", fala Sheila. "Ninguém vai acreditar que você e o Alex têm um caso. Você não faz o tipo dele. Ele gosta de rainhas da popularidade, não é, Alex?"

Ele pula os dois últimos degraus até o chão e desaparece na escuridão.

"Então", começa Hanna, "o que você dizia, Sheila, sobre alguém não estar na lista de convidados?"

Inacreditável. Ela vai tentar fingir que nada aconteceu. Sinto-me traída.

"Eu acho que ela estava, sim", aponta Gilda. "Quer dizer, ela estava em todas as outras listas."

"Não estava, não", contradiz Sheila. "Eu analisei todas. Ela não estava em nenhuma."

"Você analisou as listas de convidados?", pergunta Patrícia.

"De quem estamos falando?", diz Hanna.

"Jasmine", explica Gilda. "E ela esteve em todas as outras festas desse ano."

"Isso explica tudo!", grita Sheila. "Ela era a pessoa a mais. A intrusa!"

Observo todas elas como se estivesse vendo atrizes no palco. Sinto-me tão deslocada! Não consigo nem fingir preocupação com esse debate idiota. Não consigo nem lembrar por que já me importei com algo tão idiota como uma lista de convidados. É tudo tão fútil, e, parando para pensar nos últimos anos, tem sido sempre assim. Tudo o que achei que importava, tudo o que me manteve acordada à noite, não era nada além de um monte de ladainha.

Não é à toa que a Hanna nem se importou quando tentei virar o jogo pra cima dela. Ela sabe melhor do que ninguém como isso tudo é uma grande besteira. Está muito à frente de todas nós nesse sentido. As listas de convidados, as festas, Gabriel, não querem dizer nada. Talvez Alex seja a única exceção para ela, mas nem isso funcionou. Estou atrasada demais. Ela já se libertou do Alex. Não precisa mais dele, e percebo que também não precisa mais de mim. Nenhuma delas precisa. Se eu simplesmente sumisse, elas nem notariam. Se eu desaparecesse silenciosamente na escuridão, quem se importaria? Elas continuariam com essa discussão sobre a garota que não estava na lista por sei lá quanto tempo.

Dou um passo para trás, e mais um, e mais um. Sinto uma pontada de arrependimento. Penso no sorriso do Gabriel, seu aceno amigável, mas Gabriel é algo que nunca poderei ter. Dou um último passo e vou embora.

Sheila

O problema com a Hanna e suas listas de convidados é que todos sabiam sobre a festa mesmo que não fossem um dos poucos exclusivos que entraram nela. E, como vimos com a principal candidata a pessoa mais mal vestida de Fidelity High School (incluindo a antiga professora de Ciências e seus casacos de lã mais antigos ainda), isso deixou a porta aberta para mais intrusos. Entretanto, quando alguém faz uma festa para convidados exclusivos e entrega os convites àqueles que escolheu, os otários mal-intencionados não ficam sabendo de nada. E não podem penetrar em uma festa que desconhecem.

Outra coisa que percebi, e me sinto uma idiota por ter levado tanto tempo para descobrir, é que a melhor forma de vencer a Hanna em seu próprio jogo é simplesmente fazer uma festa melhor do que a da rainha da popularidade – o que não é muito difícil, julgando pelos seus últimos esforços. Não há lei que diga que a Hanna seja a única pessoa com permissão para dar festas.

Os convites (papel creme com bordas douradas, em envelopes revestidos de dourado) para meu Festival Pote de Ouro foram entregues há dois dias, e, até agora, julgando pela recepção calorosa e pela quantidade exorbitante de

RSVPs,[2] todos estão animados com a ideia de uma festa, que será uma das mais memoráveis de Fidelity.

Até a Hanna parece ter percebido meu merecido posto de verdadeira rainha da popularidade da escola. Estou orgulhosa por ela ter aceitado esse baque tão graciosamente. Ela já confirmou sua presença e diz estar ansiosa para o evento. Naturalmente, convidei apenas os alunos mais populares, e acho que a Hanna perceberá o erro em suas atitudes ao ver como essa festa será maravilhosa e, quem sabe, se tudo correr bem, poderia me ajudar com a próxima festa.

Andando até o estacionamento dos alunos, enquanto faço mentalmente uma lista de compras com tudo o que preciso para a festa, vejo uma figura familiar caminhando à minha frente.

"Alex?"

Ele para e vira para trás, dando um daqueles sorrisos amarelos. É estranho, mas estou começando a perceber o que a Hanna viu nele. Não me interprete mal, não estou apaixonada por ele nem nada disso. Ele é tão magrinho, e a cara de filhote pidão pode ser meio cansativa, mas, ainda assim, tem alguma coisa de atraente – quer dizer, se você gosta desse tipo melancólico e introspectivo.

"Sheila?"

"Você recebeu o meu convite?"

"Está na minha mochila."

"Você ainda não confirmou sua presença."

"Acho que vou passar essa. Estou meio cansado de festas."

"A Hanna vai estar lá."

"Com certeza."

---

[2] RSVP, abreviatura do francês *respondez s'il vous plaît*, que significa "responder, por favor", usado para confirmar presença em eventos.

"Sério, vocês precisam voltar a namorar. É estranho ver vocês separados."

"Bom, então você pode começar a falar bem de mim pra ela."

Ele começa a ir embora, porém coloco minha mão sobre seu ombro para impedi-lo. Ele para e olha para a minha mão.

"Por favor, vá à minha festa", peço.

"Sheila?", diz ele, e me olha curioso.

Eu solto seu braço. Ele me encara com aqueles olhos, como se pudesse despejar toda a sua alma para mim naquele momento. Não quero olhar para o meu relógio, mas preciso chegar logo ao supermercado e penso que Alex pode ser daquelas pessoas que demoram um tempão para despejar a alma.

"Escute", declara Alex, "se você falar com ela, quer dizer, não sei se vocês conversam muito, mas, se conversarem, só diga que sinto muito e que a amo, mas que sou apenas uma pessoa."

Não sei que diabos isso quer dizer, entretanto, concordo em repassar a mensagem, aliviada por não ter ficado presa como seu ombro amigo pelo restante da tarde.

"Ei, sobre o que você e o Alex falavam?", pergunta Gilda, vindo em minha direção. É estranho, mas Gilda, cujo guarda-roupa sempre se resumiu a tons de cinza e preto, está vestindo um casaco cor-de-rosa. Não é um casaco especialmente estiloso, mas, ainda assim, é cor-de-rosa, o que me parece um grande passo em direção à normalidade. Talvez ela esteja finalmente começando a aprender, sob minha orientação. Isso mostra o valor de uma boa professora.

"A gente só falava sobre a minha festa."

"Aliás, a Jasmine ficou sabendo", comenta Gilda. "Não sei por meio de quem. Ela está se perguntando quando vai receber o convite."

"Espero que você tenha dito 'no dia em que o inferno congelar'."

"Não tive coragem. Além disso, eu não sabia o que você planejava."

"Bem, eu planejava humilhá-la na frente da escola toda, mas agora não tem por quê. Só diga que não tenho interesse em ser amiga dela, e que, desde que ela fique bem longe de mim, não será prejudicada."

"A gente tinha um acordo, lembra?"

Demoro um tempo para me lembrar de minha promessa à Gilda. É verdade: se ela virasse amiga da Jasmine, eu garantiria seu par para o baile. Bem, não é uma tarefa impossível e, com minha popularidade em ascensão, não deve dar muito trabalho, mas estamos falando de Gilda Winston. Certamente, o casaco cor-de-rosa me dá alguma esperança.

"Quem é ele?", pergunto.

Ela não responde, mas olha pensativamente para o caminho à nossa frente. Alex já virou a esquina e desapareceu de nossa visão faz tempo, mas, como não há mais ninguém ali, é fácil adivinhar o que aquele seu olhar melancólico quer dizer.

"Você só pode estar brincando", digo.

"O quê?", pergunta ela.

"Tá bom, tá bom", aceito. "Você é louca, sabia disso?"

Ela encolhe os ombros.

Patrícia

Estou evitando todo mundo desde a festa de Dia dos Namorados da Hanna. Em parte, por causa do que aconteceu com o Alex, embora nada tenha realmente acontecido. Quer dizer, sei que Olivia tinha todo esse plano para derrubar a Hanna, mas a questão é que eu nunca poderia fazer isso com o Alex, usá-lo dessa maneira. Ele é um cara legal, e, apesar de gostar um pouquinho dele, não quero que pareça que eu estava fingindo gostar dele por causa da Olivia e de seu plano idiota. Não seria fingimento, porque eu gosto mesmo dele. Enfim, apenas conversamos, e ele estava tão triste e tão arrasado que senti pena. Hanna é uma vaca. Sei disso faz tempo, mas, quando falei com Alex, quando soube do jeito que ela o tratou, bem, foi difícil não enxergá-la como quem ela realmente é.

O outro motivo para eu estar evitando todo mundo é que as coisas parecem muito diferentes. A Hanna está quieta e desanimada. A Gilda está toda alegre e animadinha. A Olivia parou de andar com todas nós e a Sheila vai dar uma festa. Ela entregou uns convites que pareciam de casamento. Só não sei mais onde é o meu lugar.

Tudo o que tenho é um livro cheio de fotos sem significado. Na noite passada, tirei da minha câmera um rolo de filme usado até a metade, colocando-o debaixo do brilho da minha luminária para destruir cada imagem inútil que restava lá. Imagens dos momentos mais alegres de Fidelity, das risadas, dos deleites juvenis. O que isso significa para mim? Nada disso tem o menor valor. Guardo a câmera.

Volto a ser aquela caloura perdida do primeiro dia de aula, que foi escalada para a turma errada, mas dessa vez não há nenhuma Hanna para me resgatar, para me pegar pela mão e me guiar na direção certa. Acho que se pode dizer que as coisas voltaram a ser como deveriam. Quer dizer, pelo menos para mim. Não nasci para ser uma garota popular. Talvez eu faça novas amizades com garotas comuns, sem graça, e faremos as coisas comuns e sem graça que garotas fazem juntas. Como a garota que está sentada à minha frente agora, na aula de História. Seu nome é Jennifer. Acho que ela toca numa banda. Poderíamos dormir uma na casa da outra. Poderíamos comprar esmaltes. Mas, só de pensar nesses passatempos normais, tenho vontade de vomitar. Eu queria que tudo pudesse voltar a ser como era antes.

Ao ver um cabelo loiro passando pela porta da sala, faço algo que não é sem graça nem comum. Levanto sem pedir permissão e saio da sala para segui-la.

"Hanna?", chamo, e ela está tão profundamente absorta em seu mundo que não me ouve. Tenho de chamá-la uma segunda vez para que responda.

"Oi, Patrícia. O que você está fazendo fora da sala?"

"Vi você passando", falo. "Como você está?"

"Bem", responde ela, mas depois encolhe os ombros, e sei que não está bem.

O que eu disse sobre a Hanna ser uma vaca é verdade. Quer dizer, realmente acredito nisso. Só que agora ela não é tão megera assim; agora não é tão nada. Ela mal parece existir. É apenas uma sombra apagada de seu antigo eu. Todo aquele brilho, toda aquela vida que a tornava quem ela era se foi ou está enterrado em algum lugar. Sei que está arrasada por ter perdido o Alex, apesar de ter sido ela quem o afastou.

Tudo bem, estou me sentindo culpada. Sou a pior amiga do universo. Depois de tudo o que a Hanna fez por mim, depois de ser uma amiga tão boa, depois de tudo isso, fui lá e traí sua confiança, e por isso me sinto totalmente culpada. Não estou falando do que aconteceu na festa, que realmente não foi nada e, ainda que tivesse sido algo, foi depois que a Hanna e o Alex terminaram, então não teria sido tão errado. Estou falando de muito antes disso, daquela noite de granizo, quando o Alex me beijou em seu carro, quando eu beijei o Alex. Não posso deixar de sentir que foi isso que causou a separação dos dois. Talvez a Hanna tenha descoberto. Talvez o Alex tenha contado. Já que, caso contrário, não consigo entender por que ela terminaria com alguém que tanto ama.

"Você vai à festa da Sheila?", pergunto, pois não sei mais o que dizer.

"É, pode ser interessante", diz ela.

"Hanna?"

"Sim, Patrícia."

"Desculpe."

"Pelo quê?"

"Alex. A festa. Olivia."

"Isso não é nada", retruca. "Não se preocupe. Falando na Olivia, você tem visto ela por aí?" Balanço minha cabeça. "É, eu também não. É melhor você voltar pra sala, antes que se meta em confusão."

Concordo e começo a voltar, obedientemente, para a aula de História, olhando mais uma vez por cima de meu ombro para a garota que costumava ser Hanna Best. Penso naquele terrível primeiro dia de aula e vejo meu próprio jeito patético na insegurança dos ombros de Hanna, no jeito apático com que ela anda pelo corredor. Hanna não precisa de uma desculpa idiota. O que ela precisa é da minha ajuda. Sinto-me completamente desqualificada, mas não deixo isso me impedir.

"Está tudo errado", comento.

"Matar aula?"

"Não. Você, toda cabisbaixa. Hanna Best não se deixa abater."

"Você não entenderia."

"Eu não entenderia? Hanna, se tem uma coisa que eu entendo é sobre andar cabisbaixa." Isso a faz sorrir, pelo menos, mas ela balança a cabeça.

"Não adianta. Logo, tudo vai estar acabado. A formatura."

"Bom, então a gente vai ter de descobrir uma forma de resolver isso, não é mesmo?", sugiro.

Ela me olha com esperança e me faz sentir como aquela garota divina que reorganizou minha grade escolar do primeiro ano e me transformou em uma das garotas mais populares do colégio. Sinto-me poderosa. É incrível.

Gilda

Porque ontem a contagem regressiva escrita em batom dizia 73 *DIAS PARA O BAILE*, porque eu não deveria ter confiado em Sheila Trust para resolver nada, porque sei, lá no fundo, que é sempre melhor fazer as coisas por conta própria, decidi lutar para Alex Journer me acompanhar ao baile. Não passei os últimos três anos e meio totalmente perdida em uma névoa apática, apesar do que algumas pessoas podem pensar. Estive observando e aprendi algumas coisas com a Hanna durante esse tempo; uma das coisas que aprendi é que é preciso arriscar, e que um pouco de dramaticidade não faz mal a ninguém. Sheila disse que falaria com Alex e usaria suas finas habilidades de persuasão para induzi-lo a me convidar para o baile, mas, como a contagem regressiva diz apenas 73 dias, já passamos do ponto das "finas habilidades de persuasão". Situações desesperadoras pedem medidas desesperadas.

Comprei meu vestido há duas semanas. Demorei para encontrá-lo, mas não é fácil encontrar o vestido perfeito para o baile. Existem muitas coisas a serem consideradas: cor, comprimento, estilo, a loja tem esse modelo no seu tamanho? Meu vestido é roxo vibrante com alcinhas, um bom decote e pregas dos pés ao bumbum. Ficou lindo em mim. Na verdade, fiquei tão bonita naquele vestido que, quando Alex me vir dentro dele, não terá escolha além de concordar em me levar ao baile. É por isso que decido usá-lo para ir ao colégio. Quando atravesso os portões da escola, todos os olhos se viram para mim. A jaqueta jeans que joguei por cima para me esquentar não combina muito com o tafetá roxo nem ajuda a disfarçar o que está por baixo, no entanto, abraço-a como se fosse um colete salva-vidas me impedindo de afundar. A cada passo, minha confiança aumenta um pouquinho. Tiro proveito de minha plateia e desfilo pelo corredor como uma modelo por uma passarela, sabendo que estou tão deslumbrante quanto qualquer top model.

Meu alvo está em frente ao seu armário, talvez o único no corredor inteiro que não se virou para me olhar. Bem, isso é típico do Alex, perdido em seu próprio mundo, desligado de tudo ao seu redor. Apenas quando estou a alguns metros de distância é que ele percebe o silêncio que tomou conta do corredor, ou o fato de que todos parecem olhar para algo que está atrás dele. Ele se vira para olhar e seus olhos tristes se iluminam de surpresa, talvez até um pouco de felicidade.

"Acho que você exagerou um pouco na roupa", afirma ele.

"É meu vestido para o baile. Estava com medo de não ter outra chance de usá-lo. Sabe, ainda não tenho um par, e, bem, só tem um cara com quem eu realmente gostaria de ir."

"Não sei bem..." Ele não termina sua frase. Não sei o que pretendia dizer, mas percebo que ele franze a testa, confuso.

"Alex, sei que você ainda não esqueceu a Hanna, mas você já parou pra pensar que talvez isso tenha sido obra do destino?"

"Destino?", questiona ele, ainda confuso. Ele percorre o corredor com os olhos. Todos estão nos encarando. Ele está claramente desconfortável, mas sei que é melhor assim. Ele precisa me dar uma resposta, e como poderia me recusar na frente de todas essas pessoas?

"Pense nisso", declaro. "Somos como almas gêmeas. Somos tão parecidos, você e eu, ambos forasteiros que nunca encontraram seu lugar. Foi a Hanna que juntou a gente. Foi como se estivesse destinado a acontecer, desde sempre."

"Gilda? O quê?", gagueja ele, incapaz de formular uma única frase. Tenho de admitir, estou ficando nervosa. Eu esperava que Alex estivesse ao menos semilúcido, mas parece que ele bebeu meio frasco de calmante antes de dormir, e agora estou tentando acordá-lo no meio da noite. "Você quer ir ao baile? Você quer ir ao baile comigo?", conclui ele, finalmente.

"Isso é tão absurdo?"

"Absurdo? Olhe, Gilda, não tenho certeza... Por que não falamos sobre isso mais tarde?"

"Preciso de uma resposta, Alex."

"Você não está em sã consciência."

"O que isso quer dizer?"

"Você é a Gilda, certo? Não devia ligar para o baile. Você não usa vestidos cheios de firulas."

Suas palavras me deixam tonta. Só quero ir a algum lugar e me deixar cair. Saio correndo pelo corredor.

"Espere!", berra Alex. Eu não paro. Então, ele grita: "Hanna!". E corro ainda mais rápido.

Logicamente, ela escolhe esse momento exato para aparecer, e o que deve pensar de mim, patética e rejeitada em meu vestido perfeito, correndo pelo corredor, enquanto todo mundo olha para mim? Corro porta afora, esperando que o ar frio me faça reviver ou que pelo menos congele as lágrimas que querem tão desesperadamente cair.

Tento não pensar no que acaba de acontecer. Mas não consigo tirar a imagem de Alex da minha cabeça, sua surpresa e sua confusão, e depois a forma como ficou tão chateado comigo. Foi isso que machucou mais – ele dizer que eu não estava em sã consciência, como se houvesse uma lista de regras em algum lugar dizendo que eu deveria fazer isso, dizer aquilo e vestir aquilo outro. Acho que essas regras também devem dizer que Gilda não consegue o garoto, que, não importa o quanto ela queira, o Alex Journer desse mundo jamais será dela.

Olho para as portas atrás de mim, esperando que Alex saia, porém elas permanecem fechadas. Alex não virá atrás de mim. Nesse exato momento, ele deve estar rindo de mim com a Hanna, entre um abraço e outro. Eles devem estar fazendo as pazes enquanto fico sentada aqui, tremendo de frio, completamente sozinha.

Bem, não totalmente sozinha. Jasmine corre para a calçada como se um bando de lobos raivosos mordesse seus calcanhares. Está vestindo uma de suas roupas excêntricas; esta inclui um chapéu com um girassol gigante, mas, para falar a verdade, meu vestido a deixa no chinelo em termos de excentricidade.

"Ufa", diz ela, ao me ver. "Achei que eu estivesse atrasada."

"Você está", respondo.

"O que você está fazendo aqui fora? Não vai entrar?"

"Tive uma manhã difícil."

"Lindo vestido", elogia ela.

"Era pra ser o meu vestido do baile."

"É muito bonito."

"Mas parece que não terei a oportunidade de usá-lo."

"Por quê?"

"Chamei o Alex pra ir ao baile comigo, mas ele não pareceu gostar muito da ideia."

"Vocês terminaram?"

"Do que você está falando?", pergunto. "Eu não estava namorando o Alex. Ele era namorado da Hanna."

Ela olha para mim com aquele mesmo olhar confuso que vi no rosto do Alex. Isso quase me faz sentir um pouco melhor. Aí está alguém que sabe menos do que eu sobre políticas e romances colegiais.

"Você está bem, Hanna?", pergunta ela. "Parece meio pálida."

Olho para trás de mim, porém não tem ninguém ali. Apenas nós duas.

"Sou a Gilda", explico. Como essa garota pode ser tão perdida a ponto de achar que eu seja a Hanna?

"Gilda?", pergunta ela. "O que é isso, seu *alter ego*? Gostei. É bem sonoro e misterioso."

"Meu nome é Gilda", tento explicar, mas ela continua confusa.

Então, uma perua verde com os para-lamas traseiros amassados estaciona no meio-fio e abre os vidros, revelando uma mulher de meia-idade, porém bem envelhecida, ao volante.

"Jane!", chama ela. Minha cabeça começa a latejar. Sinto-me tão tonta que tenho medo de cair desmaiada. Jasmine me olha com curiosidade, como se eu fosse uma alienígena. "Jane?", repete a mulher. "Essa menina é sua amiga? Que bom ver você com uma amiga, querida. Faz muito bem. Você devia convidá-la pra ir lá em casa algum dia."

"O seu nome verdadeiro é Jane?", pergunta Jasmine.

Não posso fazer nada além de balançar a cabeça. Dói demais.

"Jane? Você está bem? Querida, o Alex me ligou. Estava preocupado com você."

"Por favor", imploro, mas minha voz é apenas um murmúrio. Estou fraca demais para falar mais alto. "Sou Gilda", afirmo, numa voz tão fraca que mal posso ser ouvida. "Sou Gilda."

Tento agarrar-me desesperadamente em um pouco de realidade, mas tudo parece passar rápido demais.

Parte dois

ALEX

1

Não consigo tirar a imagem dela, naquele vestido, da minha cabeça. Estava linda, deslumbrante. Sou um idiota, um completo idiota. Eu deveria simplesmente ter concordado em ir ao baile com ela. Se tivesse, talvez tudo se resolvesse de alguma forma. Teria sido aquilo suficiente para trazer as coisas de volta ao normal, ou ao que se passava como normal no mundo da Hanna?

Ela me assustou. Foi tudo tão bizarro que eu não soube o que dizer. Não precisava ter dito nada. Se eu tivesse ficado calado, teria ficado tudo bem, mas talvez eu tenha ficado calado por muito tempo. Talvez seja esse o problema.

Ainda assim, não posso deixar de me sentir o maior covarde do planeta. Uma pessoa mais corajosa ficaria ao lado dela. Uma pessoa mais corajosa não chamaria alguém para se intrometer e resolver as coisas em seu lugar. Sei que pisei na bola com ela. Odeio-me por isso.

Trancado em meu quarto, fico revivendo os eventos dessa manhã em minha cabeça. Vejo-a se afastando de mim cem, mil vezes. Vejo a tristeza em seu rosto lindo, e é como se alguém enfiasse uma faca em meu coração. Como se as últimas semanas não houvessem sido torturantes o suficiente, agora arrumei mais essa. Burro, burro, burro.

O telefone toca e meu estômago gela. Sem nem olhar, sei que é ela. Não, ela não me ligaria. Por que ela iria querer falar comigo? Mas talvez seja ela. Poderia ser. E se for? Droga, o que eu vou dizer para ela? Eu queria saber o que falar para consertar tudo isso, para as coisas voltarem a ser como antes. Não, não é isso. Nunca esteve tudo bem. Sei disso melhor do que ninguém. Talvez eu seja o único que saiba.

Atendo o telefone. Só quero ouvir a voz dela. Quero que ela saiba que eu nunca quis magoá-la.

"Alex?" Sua voz é tão fraca. Parece a milhões de quilômetros de distância.

"Como você está?", pergunto.

"Bem, como sempre, eu acho."

"Sinto sua falta. Desculpe."

Ela não diz nada, porém faz um barulho do outro lado. Talvez esteja chorando. Não sei.

"Tenho esse livro", diz ela, "cheio de fotos do pessoal da escola. Eu achava que, se olhasse pra essas fotos por bastante tempo, finalmente entenderia. Como se, sei lá, como se existisse algum tipo de tabela periódica da popularidade e algum tipo de lei científica que governasse tudo isso, mas agora percebo que estava completamente enganada."

"Se existisse um prêmio Nobel de popularidade no ensino médio, com certeza você seria a vencedora." Acho que isso vai agradá-la, mas, é claro, estou errado.

"Estou falando sério. Pare de brincar. Alex, você se lembra da noite da festa de Halloween? Você disse que eu deveria ser eu mesma."

"Eu disse isso pra Patrícia", corrijo.

A linha fica em silêncio por um ou dois segundos, a ponto de me fazer imaginar que a ligação caíra.

"Eu sou a Patrícia", explica ela.

Droga. Claro que é. Eu sou um idiota. Parecia mesmo a Patrícia, com sua voz fraca e tremida, mas eu estava tão desesperado pela Hanna que ouvi o que queria ouvir. As coisas ficaram tão estranhas nessas últimas semanas, com a Hanna agindo cada vez menos como a Hanna. Mas, o livro de fotos; era a Patrícia quem tinha um livro de fotos. Eu sabia disso. O que deu em mim?

"Patrícia, desculpe. Pensei que fosse a Hanna. É que faz tempo que não falo com ela. Será que você poderia passar pra ela?"

"Ela não está aqui."

"Não, é claro que não. Desculpe."

Mais silêncio. Dessa vez, por mais tempo que antes, tempo suficiente para eu voltar a ter alguma esperança.

"Já entendi tudo", declara ela.

"Sobre popularidade?"

"Como consertar tudo" Ela parece muito séria. Sua voz é fria e confiante, bem diferente da Patrícia que conheço.

"Ah. Entre a gente?"

"É como aquele primeiro dia de aula, em que a Hanna consertou meu horário. A Hanna está morrendo de medo da formatura, e eu também. Já sei como consertar isso, como escapar disso."

"Já disse, repetir em Inglês não é tão fácil assim."

Ela ri. Isso alivia a seriedade da conversa. Agora se parece um pouco com a Patrícia que conheço.

"Repetir em Inglês apenas adiaria o inevitável", explica ela. Ouço um barulho do outro lado. Poderia ser um suspiro. Poderia ser ela fechando seu livro de fotos.

"E aí?", pergunto. "Você vai largar o colégio?"

"De certa forma. O mundo é demais pra mim. É hora de partir pra outra."

Não tenho certeza do que ela está dizendo, mas começo a entrar em pânico.

"Que mundo?", digo. Demoro um pouco para completar a pergunta. "O mundo do ensino médio?"

"O mundo em geral", dispara Patrícia. "Acho que o meu lugar nunca foi aqui."

"Não é verdade. A Hanna precisa de você" Imagens assustadoras passam pela minha cabeça. Vejo Hanna deitada em sua banheira, com o sangue jorrando de seus pulsos cortados. Vejo-a com uma arma na boca, puxando o gatilho para terminar tudo com um estrondo terrível. Mas estou falando com a Patrícia, e não é assim que ela se mataria, se tivesse coragem de fazer isso.

"Eu sei. Estou fazendo isso pela Hanna."

"Você precisa pensar melhor sobre isso."

"Já pensei muito. Faz total sentido."

"Claro", recuo. Minha testa começa a suar frio. Se ao menos eu pudesse encontrar as palavras certas. O que se deve dizer a alguém que está pensando em cometer suicídio? Por que eles nunca ensinam algo útil na escola?

"Alex, você sempre foi legal comigo", comenta ela. As palavras soam como uma nova adaga em meu coração. Dessa vez, com a ponta serrilhada. Preciso lembrar que essa é a Patrícia, que ela não sabe de nada. "Eu só quis ligar pra dizer adeus."

"Não, espere!" Meu grito corta o silêncio. "O que você quer dizer com adeus? O que quer dizer?"

"Não posso continuar desse jeito. Preciso ser eu mesma. Não pertenço a esse lugar."

"Então, vá pra outro lugar."

"Estou presa aqui. Ainda falta mais um ano pra acabar esse inferno e eu não tenho mais forças. Não aguento mais um dia."

"Não vou deixar você fazer isso."

"Olhe, não quero que você pense que é culpa sua. Você foi provavelmente o único motivo pra eu não ter feito isso antes, porém preciso fazer, e espero que você entenda e aceite."

"Não quero e não vou. Patrícia, escute. O que você pretende fazer?" Sinto que tenho de mantê-la falando. Patrícia me ouve. Ela valoriza minha opinião. Tudo que preciso fazer é encontrar as palavras mágicas e, se conseguir mantê-la na linha por mais tempo, talvez eu consiga.

"Não pertenço a este mundo."

"Patrícia, você sempre pode ir embora. Como a Olivia. Você pode, sabe, simplesmente desaparecer. Entende? Você entende o que eu quero dizer?"

"Adeus, Alex."

Dessa vez, sei que o silêncio do outro lado é real. Meu coração está acelerado. Não sei o que fazer. Isso tudo é culpa minha. Quero me enterrar num buraco em algum lugar e simplesmente chorar por ser tão patético, mas preciso fazer uma coisa antes. Pela segunda vez naquele dia, faço uma ligação para uma mulher que me odeia com todas as forças. Bem, pelo menos nisso nós concordamos.

2

Eu estaria mentindo se dissesse que nunca considerei a possibilidade de a Hanna Best se apaixonar por mim. Sempre fui um sonhador e, sério, havia algum cara heterossexual em Fidelity que nunca tenha fantasiado pelo menos uma vez com a Hanna? Considerei a possibilidade, mas sabia que eu não tinha a menor chance com a garota mais popular do colégio. Não via muito sentido em me torturar sonhando com uma garota que nem sabia que eu existia. Então, tirei-a da minha cabeça, tanto quanto é possível tirar Hanna Best de sua cabeça.

Eu costumava pensar que o destino havia unido a Hanna e eu, mas, se era o destino, era o tipo de destino que a Hanna manipulava para conseguir o que queria. Era começo de outono do nosso primeiro ano, e tinha chovido o dia inteiro. Eu morava perto da escola e, sem carro e sem habilitação para dirigi-lo, tive de voltar andando. Quando o tempo estava bom, tudo bem. Quando chovia, era um saco. Naquele dia, puxei meu capuz e comecei a andar pelo caminho asfaltado que levava da escola ao condomínio em que eu morava.

Vi algo lá na frente, porém não sabia dizer o que era. Era lixo? Alguém havia deixado seu casaco cair? Cheguei um pouco mais perto e percebi que não era algo, mas alguém.

Comecei a correr e, quando estava a apenas alguns metros, percebi que era Hanna. Acho que nunca tinha dirigido a palavra à rainha da popularidade e, em um dia normal, não teria conseguido falar com ela sem gaguejar, mas, quando a vi deitada ali, não tive tempo para me preocupar com ansiedade social.

"Hanna!", chamei. "Você está bem?"

Ela estava deitada de lado no chão em uma posição estranha, mas, ao ouvir minha voz, olhou para cima e sorriu para mim.

"Alex", disse ela. "Que bom que você está aqui."

Eu tentava me manter concentrado, entretanto, não era fácil quando uma vozinha gritava na minha cabeça: "Ela sabe o meu nome! Ela sabe o meu nome!"

"O que aconteceu?", perguntei.

"Eu escorreguei. São esses sapatos horríveis, nem um pouco práticos. Acho que torci o tornozelo."

Abaixei-me e ofereci minha mão. Ela aceitou. Fiquei feliz por estar chovendo, senão minha mão estaria molhada de suor. Ajudei Hanna a se levantar. Ela tentou se apoiar em seu tornozelo machucado e cambaleou imediatamente, jogando seu braço em volta do meu pescoço e apoiando seu peso em mim. Eu queria ter me esforçado mais para fazer amigos na escola; senti uma necessidade gritante de correr e contar isso a qualquer pessoa, não que alguém acreditaria.

"Estou me sentindo uma idiota", comentou Hanna.

"Você não é uma idiota", retruquei. Queria que esse momento não terminasse nunca, e sei que o que deveria ter feito era encantá-la com alguma conversa inteligente, mas não consegui pensar em nada. "Hum, posso acompanhar você até a escola, se quiser."

"Seria ótimo", disse ela. Ela sorriu e o céu despencou, a chuva pesada se transformou em uma chuva torrencial.

Iniciamos o caminho de volta à escola, mas demoraria muito com ela mancando.

"Espere aí", disse eu. Estou longe de ser um cara musculoso, e não tinha certeza se suportaria carregar a Hanna sem cair feito um fracote, mas lembro de ter lido em algum lugar que, em uma emergência, a adrenalina permite que as pessoas realizem proezas que, normalmente, estariam além do alcance de sua força. Torci para aquele ser um desses momentos. Levantei a Hanna em meus braços. Tive de recorrer às minhas últimas forças, mas, como um grande cavaleiro, carreguei-a por todo o caminho de volta à escola.

Não vou mentir. Não costumo ser superficial, porém, naquela tarde, rezei para meus colegas estarem assistindo ao meu ato heroico pela garota mais popular de Fidelity.

Quando entramos na escola, meus braços pareciam gelatina, e ambos estávamos completamente encharcados. Abaixei Hanna até o chão cuidadosamente, com os braços ainda em volta dela enquanto se equilibrava sobre seu tornozelo bom. Não queria soltá-la, e ela também não se afastou de mim. Meu coração palpitava e não era apenas pelo esforço físico.

"Obrigada", agradeceu ela. Sua voz era doce e suave. Ela me olhou e, embora estivesse encharcada, com os cabelos soltos e molhados gotejando no chão e a maquiagem escorrendo pelo seu rosto, continuava linda.

Eu sabia que não deveria prolongar a situação. Sabia que deveria aceitar sua gratidão e ir embora, deixar que cada um voltasse para o seu mundo. Mas não podia me mexer. Nos últimos segundos, havia criado raízes e parecia estar firmemente plantado no chão do corredor.

"Bem, hum, é melhor eu...", gaguejei, mas nunca terminei o que ia dizer, e nem sabia como terminar. Hanna olhava para mim e eu sabia que jamais teria uma oportunidade como essa. Mas, certamente, não foi uma decisão racional de minha parte; eu era incapaz de pensar racionalmente. Inclinei-me e beijei seus lábios suavemente. Ela não me empurrou. Em vez disso, aproximou-se de mim e retribuiu o beijo.

E foi assim que aconteceu. O destino em forma de tempestade e um par de sapatos derrapantes haviam transformado toda a minha vida, ou assim eu pensava na época. É claro, hoje me pergunto se Hanna realmente caíra, se seu tornozelo estava realmente machucado, ou se isso foi um plano meticulosamente calculado para juntar nós dois.

3

Desligo o telefone e começo a dar voltas pelo meu quarto, como um rato engaiolado. Não posso ficar aqui. Eu ficaria louco. Pego as chaves do carro e desço as escadas correndo, pulando dois degraus de cada vez.

"Está tudo bem?", pergunta minha mãe. Ela está na cozinha, fazendo o jantar. Nada está bem, mas não tenho como explicar isso a ela.

"Está, sim", disfarço. "Só preciso sair um pouquinho." Ela parece decepcionada. Não conto muitos detalhes pessoais aos meus pais. Quer dizer, eles sabem que eu namorava a Hanna, chegaram a conhecê-la e acham que é uma boa garota, mas só isso.

"E o jantar?", questiona ela.

"Não estou com muita fome."

Ela concorda, e deve saber que algo está errado, mas não diz nada. Volta a mexer na panela que está no fogão e eu saio de casa.

Estaciono em frente à casa da Hanna. Ninguém está em casa. Será que foram ao hospital? Todas as luzes estão apagadas. Fico sentado em meu carro, olhando para a casa onde passei tanto tempo. Penso em todas as festas em que já estive aqui. A casa vazia e escura lembra um pouco as festas da Hanna. Por mais que eu as odiasse, fico triste em pensar que podem nunca mais se repetir.

Onde está ela? Será que o Sr. Best vai me ligar e contar o que está acontecendo? Eu nem sequer mereço um telefonema? Não, não mereço.

Dirijo até a escola. O estacionamento dos alunos está quase vazio a essa hora, ainda bem. Paro em um canto escuro e desligo o motor. Fico sentado, olhando para a escola, o castelo de Hanna.

Queria ter alguém para conversar. Queria que a Olivia estivesse aqui. Ela me ouviria. Seria sincera comigo. Não teria papas na língua para me dizer que sou um completo idiota. Sinto tanto a falta dela, e só isso já prova que sou um ser humano desprezível.

4

Best. Isso não acontece. Nem pensar. As Hanna Bests do mundo podem ter o cara que quiserem. É assim que funciona. Então, quando você é um cara como eu e uma garota como a Hanna diz que quer você, bem, você imagina que deve ter feito algo muito importante em uma vida passada, como resgatar um monte de crianças de um prédio em chamas, ou salvar seu pelotão atirando-se em uma granada, ou algo do tipo, e você diz que é dela e a segue por todos os lados como o cão pateticamente leal que você é. Acho que passei os primeiros seis meses de nosso relacionamento em estado de choque, certo de que, a qualquer momento, eu acordaria e perceberia que tudo aquilo era apenas um sonho. Até o dia em que acordei e percebi que era algo totalmente diferente.

Minha namorada, a perfeita Hanna Best, não era tão perfeita assim. A garota mais popular do colégio possuía problemas que iam muito além dos desvios de personalidade considerados normais. O termo clínico para isso, aprendi, é transtorno dissociativo de identidade, uma maneira bonita de dizer que ela dividia seu cérebro com quatro outras personalidades. Era como uma promoção "compre um, leve cinco". O que teria sido bom se eu estivesse comprando um novo par de jeans, mas era terrível quando tudo o que eu queria era uma namorada.

Quando comecei a namorar a Hanna, fiquei encantado por ela. Eu a adorava. Pensava nela o tempo todo. Talvez ela tenha sido minha razão de viver. Não sei. O que sei é que não estava apaixonado por ela, não no início; eu não a conhecia bem o suficiente para me apaixonar. Estava fascinado. Eu era um idiota desajeitado, um solitário, um otário, e estava namorando a garota mais bonita e mais popular do colégio. Estava tão deslumbrado com tudo isso que não podia nem começar a me envolver emocionalmente.

O estranho foi que nada mudou na minha vida quando comecei a namorar a Hanna. Quer dizer, de repente eu podia sair com essa garota maravilhosa depois do colégio ou levá-la ao cinema no fim de semana, tudo bem, e levei muita bronca dos meus pais por ficar pendurado ao telefone, mas não era como se eu tivesse mudado de uma hora para outra. Não me transformei num cara popular e descolado. Continuava sendo um idiota introvertido. Só que agora era o idiota que namorava a Hanna.

Sou uma pessoa otimista. Em meus dias pré-Hanna, sempre pensei que a vida estivesse esperando por mim, que uma manhã eu acordaria e de repente teria tudo, o tipo de vida que sempre imaginei. O tipo de vida em que eu era o cara legal, o tipo de cara que todo mundo quer ter como amigo. Eu ansiava por aceitação social.

Beijar a Hanna naquela tarde chuvosa mudou tudo e, ao mesmo tempo, não mudou nada. Não me tornei uma pessoa diferente da noite para o dia.

Na verdade, provei isso logo no dia seguinte; ao encontrar a Hanna em seu armário para perguntar como estava seu tornozelo, acabei falando:

"Então, a gente está, bem, o que eu quero dizer é, você quer sair um dia desses? Comigo, quero dizer." Eu podia sentir os olhares de nossos colegas enquanto se perguntavam o que alguém como eu fazia conversando com a rainha em pessoa. Estava pronto para ouvi-la rir da minha cara e me mandar ir para o inferno.

"Claro, Alex, quero sim", aceitou Hanna.

"Sério?", perguntei, como um completo idiota. "Que bom!"

"Preciso de um homem na minha vida", falou Hanna, e sorriu para mim. Não consegui respirar por um instante. "Mas isso não quer dizer que eu vá almoçar com você." Ela sorriu mais uma vez e fiquei imaginando se era uma piada, mas ela não riu. Mesmo sendo um deslocado social, eu sabia sobre a política da mesa de almoço da Hanna. Ela tinha sua própria mesa e, assim como suas listas de convidados, ela decidia quem era ou não digno de acompanhá-la no almoço em qualquer dia. Às vezes, ninguém passava no crivo e ela comia sozinha, parecendo uma rainha em seu trono.

"É claro", concordei, tentando usar um tom leve, caso estivesse brincando. Ela não me corrigiu. Naquele momento, decidi que nunca mais almoçaria, para me poupar do constrangimento de ter de descobrir se podia ou não almoçar com a Hanna. Era um preço pequeno a se pagar. Acho que, se ela pedisse, eu teria cortado meu braço fora só pelo privilégio de ser seu namorado.

Enfim, vi que aquele era o meu momento. A vida com que eu sempre tinha sonhado finalmente começava a acontecer. Hanna Best havia decidido que eu era seu namorado, e presumi que aquele fosse o início de minha ascensão meteórica à felicidade escolar. Exceto, é claro, por não ter ido a lugar algum. Quer dizer, eu não era completamente infeliz. Estava namorando a garota mais bonita e mais popular do colégio. Tinha felicidade de sobra, mas isso também foi uma dose de realidade. Nem Hanna Best poderia fazer de mim um cara legal, então eu teria de aceitar o fato de que nunca seria um.

Gostaria de dizer que levei isso na boa, mas seria mentira. Tinha medo de respirar para não perder a única coisa decente que já havia acontecido em minha vida social. Tudo parecia um golpe de sorte. Eu tinha certeza de que Hanna perceberia que eu era um otário e nunca nem considerei que minha completa falta de segurança poderia ter sido o que a atraiu desde o começo. Se você fosse Hanna Best e estivesse à procura do cara menos provável para estragar tudo o que você trabalhou tanto para conquistar, é quase certo que você escolheria alguém como eu.

Uma tarde, o telefone tocou. Minha mãe atendeu antes de mim.

"É pra você!", gritou ela. "É aquela garota de novo!"

Mas não era, não exatamente. Atendi o telefone no meu quarto. Fechei a porta.

"Oi", cumprimentei.

"Oi", respondeu ela. Mesmo com uma só palavra, eu já sabia que havia algo diferente em sua voz. Não sei se outra pessoa teria percebido, mas naquela época eu passava muito tempo com a Hanna. Achava que a conhecia como a palma da minha mão.

Eu estava errado.

5

Levando flores e bexigas, só consigo chegar à recepção. "A visita é apenas para familiares", diz a mulher encarregada.

"Sou o namorado dela."

"Ah, que fofo, mas desculpe, não."

"Sou o motivo por ela não estar morta", insisto. Até eu percebo que estou forçando demais.

"Apenas familiares. Rapazinho, se você não for embora, terei de chamar a segurança."

Patrícia havia tido uma overdose de aspirinas de baixa dosagem que sua mãe tomava para o coração. Parece que nem naquilo ela conseguiu acertar. Pensava que estivesse tomando algo muito mais potente, ou ela não possuía a intenção de se matar. Afinal, se realmente quisesse morrer, não teria me ligado. Teria deixado uma carta.

Depois que limparam a aspirina de seu corpo, mantiveram-na no hospital para observação. Pela manhã, foi transferida para a ala psiquiátrica. Minha única experiência com esses lugares era o que havia visto nos filmes. Imagino zumbis drogados, enfermeiras homicidas e tratamentos experimentais assustadores. Ela não pertence a um lugar como esse. Tudo bem, ela tem seus problemas, mas quem não tem? A questão é: se ela conseguiu viver neste mundo por tanto tempo, não pode ser tão louca assim, pode?

Eu queria que a Hanna estivesse aqui. Ela convenceria a recepcionista a me deixar vê-la. É boa nesse tipo de coisa. Em mim, falta sua calma sutil, sua graça, seu poder de persuasão. Penso em esperar que a recepcionista se distraia para entrar no elevador e subir até o quarto, mas suspeito que haja mais vigilantes lá em cima, prontos para impedir que eu entre.

Estou quase saindo do hospital quando alguém chama pelo meu nome. Será que a recepcionista mudou de ideia? Viro-me e a vejo ali, logo depois da recepção, olhando brava para mim. A mãe da Hanna.

"O que você está fazendo aqui?", questiona ela.

"Indo embora", digo. A mãe da Hanna nunca me aprovou. Eu não era bom o suficiente para sua filha.

"Fique longe dela. Você já não causou problemas suficientes?"

"Pelo contrário, acho que não fui eu quem causou os problemas."

"Está muito enganado", acrescenta ela.

Estou surpreso em ver como ela envelheceu desde a última vez que a vi, há poucos meses. Seu rosto está mais cansado e mais inchado do que o normal. Talvez ela seja uma pessoa melhor do que eu imagino, mas para mim é difícil vê-la como algo além de um monstro egoísta e sem coração. Gostaria de dizer tantas coisas a ela, mas, para quê?

"Como ela está?", pergunto. "Como a Hanna está?"

"Hanna", responde ela, em tom de zombaria. "Hanna. Esplêndida, porém não por sua causa."

Eu poderia contar que fui eu quem ligou para ela. Não conto. Claramente, ela decidiu que essa situação toda era culpa minha. Não posso dizer que discordo totalmente.

Em uma voz mais baixa, a mãe da Hanna diz:

"Ela quase se matou."

6

Eu estava sentado na minha cama, com o telefone pressionado contra o ouvido. Minha mãe cozinhava algo lá embaixo que enchia a casa toda com cheiro de cebola. "Que foi, Hanna?", perguntei. Fiquei preocupado, porque ela parecia estranha, mas não que estivesse chorando ou gritando, nem nada.

"É a Olivia", disse a voz estranha do outro lado.

"Olivia?", repeti. O nome não significava nada para mim.

"Olivia", disse ela novamente, irritada. "A melhor amiga da Hanna." Obviamente, ela esperava que isso explicasse as coisas, mas não adiantou. "Da turma", explicou.

Para mim, ela poderia ser uma marciana. A Hanna não tinha muitos amigos, pelo menos não amigos próximos. Todo mundo na escola a amava, e qualquer um afirmava ser seu amigo, mas a Hanna era da escola de popularidade dos ditadores benevolentes. As pessoas a adoravam, e ela as amava por isso. Era amiga de todos, bem, todos que eram alguém, porém ao mesmo tempo ninguém era seu amigo de verdade. Ela não tinha melhores amigas. Todos os seus amigos eram do tipo que se cumprimenta no corredor. Ela não tinha nenhum amigo confidente e, certamente, não andava por aí com nenhuma garota chamada Olivia.

"*Da turma*", repeti. Tentava descobrir o que se passava. Obviamente, era a Hanna do outro lado. Então, o que era isso? Algum tipo de piada? Um jogo? Um teste? "Sim, Alex, da turma. As amigas da Hanna. Pare de ser tão perdido." Ela parecia irritada, mas isso não era tudo. Sua voz era muito diferente. Era como se estivesse resfriada ou tivesse perdido a voz, torcendo num jogo de futebol americano. Sua voz estava mudada, mais baixa, mais rouca. Era sutil, mas eu podia ouvir.

"Não estou entendendo", admiti.

"Ok, isso está começando a ficar irritante", disse ela.

"Isso é uma piada?"

"O que é uma piada? Alex, esqueça. Preciso ir."

"Espere", chamei, mas a linha já estava muda.

Fiquei sentado por um tempo, olhando para o telefone, tentando entender o que tinha acabado de acontecer. Continuava tentando entender, quando minha mãe gritou que o jantar estava pronto.

Na manhã seguinte, encontrei a Hanna antes da aula. Ela estava tão normal que desconfiei que eu tivesse imaginado tudo aquilo ontem. Talvez eu tenha adormecido e sonhado com tudo.

"Ei, você me ligou ontem", falei.

"Não, não liguei", respondeu ela.

Talvez fosse um sonho.

"Você disse que seu nome era Olivia."

Hanna ficou paralisada. Seu rosto empalideceu.

"A Olivia ligou pra você?"

Então, não foi um sonho.

"Quem é Olivia?", perguntei.

"Só alguém que eu conheço", explicou ela. "O que ela queria?"

"Não disse muita coisa. Algo sobre a turma. Parecia você falando."

"Bem, a gente se conhece faz tempo."

"Você nunca falou dela antes."

O sinal da aula tocou.

"Preciso ir", anunciou ela.

"Ela estuda aqui?"

"A gente estuda junto desde o jardim de infância."

Ela saiu correndo para a aula. Fiquei olhando para ela. Estava ainda mais confuso do que na tarde anterior.

7

Voltar para a escola após o Ano Novo, quando eu não era mais Alex, o namorado da Hanna, mas apenas Alex, já era difícil o suficiente, mas isso é ainda pior. Fidelity sem a Hanna parece totalmente errado. Há uma quietude estranha, um clima sombrio que paira sobre o colégio inteiro. Lá fora, está quente e ensolarado, quase como um dia de primavera cheio de esperança, mas aqui dentro é frio e úmido.

Ouço murmúrios onde quer que eu vá. Vejo grupinhos de alunos amontoados no corredor enquanto passo. Falam baixo. Olham para mim e rapidamente desviam o olhar. Não é difícil adivinhar sobre o que estão falando. Imagino o que devem ter ouvido. Imagino o quanto sabem. Provavelmente, odeiam-me e culpam-me tanto quanto a Hanna.

No terceiro horário, começo a imaginar se eu deveria invadir a diretoria, tomar posse do microfone e fazer algum tipo de pronunciamento formal. Seria ótimo desabafar. Nem sei por onde eu começaria. Para fazê-los perceber que não sou um babaca, teria de voltar onde tudo começou. É uma longa história. Tenho certeza de que o coordenador arrancaria o fio da tomada antes que eu chegasse muito longe. Então, sofro em silêncio.

No almoço, fico encostado na parede da lanchonete, olhando para a mesa dela. Está vazia. Todos a evitam como se estivesse contaminada. Passam longe. Um garoto que eu não conheço vem até mim. É um calouro, gordo o suficiente para eu suspeitar que não faça parte do grupinho dos populares.

"Oi, Alex", cumprimenta, como se me conhecesse. Penso que talvez ele estivesse em uma das festas da Hanna. Todos os tipos de pessoas estranhas começaram a aparecer nas suas últimas festas.

"Oi", respondo, com cautela.

"Eu só queria dizer que, sabe, não importa o que tenha acontecido, acho que ela é uma boa pessoa."

"É", concordo. "Valeu."

Ele não fica fazendo perguntas, pedindo detalhes. Simplesmente volta para sua mesa. Quando passo por um grupo de alunos cochichando, alguns minutos depois, suas palavras permanecem comigo. Ela é uma boa pessoa. Não sou o único a saber disso.

8

Então, tivemos duas conversas totalmente enigmáticas sobre uma suposta amiga dela que estudava na nossa escola, embora eu não tivesse a menor ideia de quem era essa amiga. Além dessa pequena estranheza, tudo corria bem. Não sou o tipo de pessoa que gosta de causar brigas. Decidi que não tocaria no assunto da Olivia.

Não toquei, a Hanna também não tocou, e, por um tempo, as coisas pareciam estar indo bem. Quase me esqueci dessas conversas estranhas. Mas eram um pouco estranhas demais para serem completamente esquecidas. Lembrei-me disso enquanto voltava do colégio com ela uma tarde.

"A Sheila está me irritando", reclamou Hanna.

Nunca estive muito por dentro da cena social de Fidelity High, então primeiro presumi que Sheila fosse uma garota da escola. Pensei que pudesse ser a garota de cabelos enrolados da minha turma de História com quem vi Hanna almoçando outro dia.

"Por quê?", perguntei.

"Ela é uma mandona metida e arrogante", respondeu Hanna.

"Bem, isso também me irritaria."

"Eu sei. Hoje no almoço, ela mandou a Olivia ir para o inferno e depois me disse, na frente de todo mundo, que a Olivia não devia fazer parte da turma."

Continuei andando, pois instintivamente sabia que tinha de fingir saber do que Hanna falava. Mas cada passo se tornava mais difícil que o último, como se meus pés estivessem dentro de um bloco de cimento. Eu tinha visto a Hanna durante o almoço. Ela havia comido sozinha.

"A Sheila faz parte da turma?", perguntei, com a voz quase falhando, embora o que quisesse realmente perguntar era quem eram aquelas pessoas misteriosas. Seriam algum tipo de versão colegial de amigos imaginários?

"Por um erro de julgamento meu, faz", elucidou Hanna. "Ela consegue ser extremamente irritante."

De repente, ela parou. Quando olhei para ela, tinha uma expressão séria.

"Escute. Estou contando tudo isso pra você em segredo, porque confio em você, Alex. Mas você nunca pode contar pra Sheila. Não pode contar pra ninguém."

"Claro."

"Prometa."

"Eu prometo." Eu não tinha ideia do que estava prometendo.

9

Continuo esperando que fique mais fácil. Não sei por que – nunca fica. Sem sua rainha não oficial, Fidelity é apenas uma sombra do que já foi um dia. Hanna era o que fazia Fidelity High ser o que era, e Hanna era quem me completava. Sua ausência é um vazio difícil demais para ser ignorado.

Não consigo me acostumar à vida sem ela. Estou andando pelo corredor e escuto o som de uma risada artificial. *Sheila!* Viro correndo, mas encontro apenas um grupo de garotas que não conheço. Elas me analisam, com olhos críticos.

Uma câmera dispara enquanto estou na aula de Artes, e corro os olhos pela sala, esperando ver Patrícia com sua antiga câmera, mas é só um cara mais velho tirando fotos para o site do colégio. Penso no livro de fotos da Patrícia. Ela olhava para ele na noite em que me ligou, na última vez que falou comigo, na última vez que falei com qualquer uma delas.

No momento em que tiro um livro do meu armário uma tarde dessas, algo cai no chão, um pedaço de papel. Abaixo-me para pegá-lo. É um envelope com meu nome escrito com a letra de Sheila. Minha animação desaparece rapidamente quando percebo o que é. O convite para sua festa, a festa que nunca acontecerá. Não havia lido o convite antes. Foi mais fácil ignorá-lo do que encarar o peso da realidade. Hoje, enquanto o analiso, penso na perplexidade que esse papel deve ter trazido a quem não conhecia a Hanna; ou seja, a todos que receberam uma cópia.

O elegante convite afirma que a anfitriã da festa é Sheila Trust. "Quem?", devem ter imaginado as pessoas ao lerem. Talvez tenham pensado que era uma brincadeira estranha da Hanna, o mesmo que pensei depois da minha primeira conversa com Olivia. O convite diz que a festa acontecerá na casa dos Trust, mas depois cita um endereço que todos que receberam o convite conheciam como a casa da Hanna.

"Nunca recebi um desses", lamenta uma garota que me lembro de ter visto nas festas. Posso entender por que não recebeu um convite. Ela não é o tipo de pessoa da Sheila.

"Não importa", respondo.

"Como ela está?"

"Quem?", pergunto, irritado. Estou cansado de se intrometerem.

"Hanna", fala ela. Eu não devia ter sido tão rude.

"Não sei", admito.

"Eu era amiga dela", afirma a garota. De repente, sei quem ela é. A tal Jasmine. Ela não estava em nenhuma das listas de convidados.

"A Hanna tinha muitos amigos – digo. Estou sendo estúpido de propósito, e nem ligo. Quero magoar essa garota. É idiota, mas estou com ciúmes dela e de sua suposta amizade com a Hanna."

"É, mas ninguém realmente a conhecia."

Nisso ela tem razão. Bem, quase. Quase ninguém conhecia a Hanna.

10

Uma manhã, eu cabulava a aula de Espanhol e fiquei surpreso ao ver a Hanna, no corredor, com uma câmera antiga em volta do pescoço.

"O que você está fazendo?", perguntei.

Ela ruborizou e murmurou alguma coisa. Não me olhava nos olhos. Estava tão diferente que pensei que estivesse brava comigo.

"Tem alguma coisa errada?", insisti.

"E se eu repetir em Inglês? Vão me expulsar da escola. Todo mundo vai rir de mim."

"Peraí. Você não vai repetir em Inglês. Mesmo se repetisse, ninguém é expulso da escola por repetir uma matéria. E, caso você não tenha percebido, ninguém ri da Hanna."

"Não sei se a cortesia também vale pras amigas dela, principalmente a mais patética de suas amigas."

Uma lâmpada se apagou em minha cabeça. Embora eu estivesse falando com a Hanna, não estava realmente falando com a Hanna. Era como aquela conversa ao telefone.

"Olivia?", perguntei. Hanna, que não era realmente a Hanna, virou os olhos em resposta. "Sheila?", arrisquei. Isso me rendeu uma imensa gargalhada.

"Estou falando de mim, Alex", explicou ela.

"*Você?*", repeti, confuso. Então, como tinha de dizer algo, disse: "Você não é patética."

"Mesmo se repetir em Inglês?"

"Acho que isso não acontecerá."

"Entreguei meu trabalho um dia depois do prazo."

"Bem, falando por experiência própria, posso dizer que isso não é suficiente pra repetir uma matéria."

***

Encontrei Hanna em seu caminho para a lanchonete na hora do almoço. Não vi a câmera e ela parecia estar normal, mas eu não tinha certeza absoluta.

"Como você está?", perguntei.

"Bem", disse ela. Olhou para mim como se eu fosse meio louco. Não liguei, porque ao menos sabia que era ela, a Hanna.

Quer dizer, a garota que eu imaginava como a Hanna. Eu não tinha nenhum modelo para aquilo com que estava lidando. Na minha cabeça, ela era meio que como um super-herói. Imaginava um Clark Kent calmo e meigo que, de repente, tornava-se o ousado e destemido Super-Homem, ou em Bruce Wayne, que, ao primeiro sinal de perigo, transformava-se no Batman. Clark Kent e o Super-Homem eram a mesma pessoa, mas não exatamente. Hanna era assim, porém sem a capa e a luta contra o crime. Eu me perguntava quem era a verdadeira Hanna. Talvez a garota estranha e tímida que encontrei no corredor fosse a verdadeira Hanna, e essa garota legal e popular fosse apenas um disfarce. Era estranho e maluco, e completamente aterrorizante.

Mas estamos falando do ensino médio, e cada um interpreta sua personagem. Tentar ser algo que você não é me parece exatamente o objetivo do ensino médio. Procurei me convencer de que a Hanna não era diferente de ninguém do colégio, exceto pelo fato de que obtinha mais sucesso com suas personagens, mas eu sabia que o problema era maior. Ela não interpretava um papel. Era como se estivesse realmente se tornando essas outras garotas.

"Ei, quem é a sua amiga da câmera?", indaguei.

"Patrícia", respondeu ela, naquele mesmo tom de "não acredito que você ainda não sabe".

"Patrícia, claro", repeti. "Encontrei-a hoje cedo. Não conseguia lembrar o nome."

"Você é patético", disse ela. A escolha de palavras foi assustadora. Esperei, mas não vi nenhum sinal de reconhecimento em seu rosto. Não se lembrava de nossa conversa. Balançou a cabeça, como se eu fosse um caso perdido.

Esperei, torcendo para que talvez ela me convidasse para me sentar em sua sagrada mesa, mas ela não disse nada e foi buscar seu almoço. Eu era seu namorado. Sei que não deveria precisar de um convite formal, mas fiquei magoado da mesma forma.

Observei enquanto ela levava a bandeja de volta para a mesa. Mais uma vez, não convidou ninguém para acompanhá-la. Observei-a enquanto almoçava sozinha. Ao menos, sempre presumi que estivesse sozinha. Agora, não tenho tanta certeza.

Minha cabeça girava. De um lado, namorava a garota mais bonita da escola. De outro, ela era completamente louca. Olhei em volta da lanchonete. Todos adoravam a Hanna. Por um momento, imaginei se eu era o último a saber.

Lembrei-me da seriedade em seus olhos naquele dia em que a acompanhei até a sua casa. Ela havia me confiado um segredo, aparentemente um segredo sobre o que achava de uma de suas amigas. Era o tipo de segredo que se confia a qualquer colegial, em qualquer lugar, mas, na verdade, esse não era o segredo da Hanna. Seu verdadeiro segredo era monstruoso – e ela o confiou a mim.

Enquanto eu a via sentada, sozinha, mas não exatamente sozinha, o enorme fardo daquele segredo pesava sobre mim.

11

Não que a vida sem a Hanna tenha me transformado, de repente, nesse aluno apático e terrível, mas certamente não ajudou na minha performance acadêmica já nem um pouco brilhante. Se você perder um certo número de aulas, não pode se formar. Por isso, forço-me a levantar da cama todas as manhãs. Mas, como chegar atrasado não causa nada além de um dia ou outro na detenção, forço-me a levantar da cama todos os dias, porém não necessariamente na hora certa. Quando me veem entrando na diretoria, nem precisam me perguntar o que eu quero. Já começam a preencher o aviso de atraso.

Hoje, no entanto, a secretária está ao telefone quando entro. Enquanto espero, escuto seu lado da conversa. Não significa nada para mim no início.

Até que a ouço dizer:

"Ela é uma garota adorável! Todos a amam. Seria uma pena se ela não se formasse por uma coisa dessas."

Meus ouvidos ficam atentos. Encontro-me inclinado em direção à mesa, fazendo um enorme esforço para ouvir cada palavra.

"É claro que podemos enviar as tarefas. Bernedorn? Como se soletra? Certamente podemos achar uma solução para suas provas finais." Ela anota algo em um pedaço de papel. Estou muito longe para ler os detalhes, mas parece um endereço. "Ora, o prazer é todo meu, Sra. Best."

A secretária parece meio perturbada quando desliga o telefone. Demora alguns segundos para levantar os olhos. Ao fazer isso, dá-me um sorriso torto.

"Você deve estar esperando por um aviso de atraso", deduz. Eu confirmo.

"Ela está internada?", pergunto.

"Não posso dizer", informa ela, e começa a preencher meu aviso. Entrega-o para mim, mas não vou embora.

"Só quero saber se ela está bem", explico.

"Parece que ela teve sérios problemas", fala a secretária, com um suspiro. "Olhando para ela, ninguém imaginaria."

12

Enquanto Hanna não se aproximasse de ninguém, seu segredo estaria a salvo. Ela era inteligente, calma e tranquila, uma pessoa naturalmente carismática – não apesar de seus problemas psicológicos, mas por causa deles. Eu sabia disso melhor do que ninguém.

Não demorei muito para notar certas pistas sutis que me mostravam quem ela era. Se estivesse estranha e mal-humorada, era Gilda. Quando estava engraçada e cínica, era Olivia. Se estivesse preocupada demais com o que as outras pessoas vestiam, era Sheila. Se parecesse tímida e nervosa, era Patrícia. Também havia leves mudanças no tom de sua voz que me davam a dica. Às vezes, conseguia descobrir por quem ela selecionava para almoçar, ou com quem ela conversava no corredor. Tornei-me um especialista em identificar suas diferentes formas de andar, dependendo de quem era.

Logo, eu a conhecia. Sabia tudo sobre ela e, é claro, fiquei completamente apaixonado.

Em sua maioria, as pessoas conseguem ser incrivelmente chatas. Não é politicamente correto dizer isso, mas é verdade. É como se você namorasse essa garota e, sei lá, ela é porta-bandeira, e talvez colecione selos, e, quando crescer, quer ser veterinária. Logo, logo, você saberá tudo sobre essa garota. Ela pode ser bonitinha, engraçada e tal, no entanto, depois de um tempo, você vai se cansar. Você vai imaginar se existe outra pessoa mais bonitinha e mais engraçada, ou talvez apenas diferente. O tédio é o inimigo número um dos relacionamentos. Talvez o amor verdadeiro seja simplesmente encontrar aquela pessoa que nunca deixa de ser interessante para você.

Para mim, essa pessoa é a Hanna. Bem, não, isso não está inteiramente certo. Eu amava a Hanna, mas amava a turma também. Hanna não era exatamente a Hanna sem a turma. Eu sabia que ela tinha sérios problemas, mas isso não parecia lhe fazer mal. Ela tinha tudo sob controle; não era como se eu estivesse abusando de uma garota deficiente. Eu namorava uma garota que havia transformado sérios transtornos de personalidade em qualidades.

Era isso que a fazia ser quem ela era. Era isso que a tornava tão popular. Ninguém mais sabia, ninguém mais entendia realmente o que havia em Hanna que a tornava tão especial. Apenas a conheciam como Hanna, porém não conheciam *apenas* a Hanna.

Numa tarde da história da lista de convidados, eu andava pelo corredor quando ouvi Olivia falando com outra garota da nossa sala. Congelei. Pensei que fosse o fim – pensei que ela perceberia que a garota mais popular do colégio era uma aberração total. Na manhã seguinte, as notícias se espalhariam pela escola toda. Hanna ficaria devastada.

Eu não tinha outro plano além de correr em direção a elas, preparado para fazer tudo o que fosse preciso para salvar o amor da minha vida. Joguei meu braço em volta dela, e Olivia me empurrou prontamente.

"Alex", disse ela, irritada, "o que você está fazendo?"

A outra garota simplesmente sorriu para nós: "Acho que é melhor deixar os pombinhos em paz."

Foi então que percebi que a garota não sabia. O que era tão óbvio para mim – a voz diferente, a atitude, a postura – era completamente indetectável para os seus amigos e colegas da escola. Até onde eles sabiam, era a mesma Hanna. Quantas vezes alguém conversava com uma integrante da turma sem saber que não estava falando com a Hanna? Devia acontecer o tempo todo!

Para os professores, ela era a Hanna. Era o nome em seu boletim. Era o nome em cima de todas as tarefas que entregava, mas eu sabia que não era necessariamente a Hanna fazendo todas as tarefas. Os professores não percebiam? Simplesmente presumiam que ela fosse a aluna mais inconstante do planeta? Talvez tenham imaginado que ela colasse, ou que comprasse seus trabalhos na internet. De qualquer forma, nunca pareceram se importar. Quem sabe seus professores, assim como todos os outros, estivessem enfeitiçados.

Basicamente, ela era popular porque não era sempre a mesma coisa. Era inteligente, legal e poderosa, mas também mesquinha e superficial, comum e nervosa, independente e cínica, diferente e inatingível. Era uma camaleoa em forma de garota. Eles a amavam por isso, e eu também.

Eu também morria de medo. Hanna havia me confiado um segredo grande demais. Eu sabia que tinha duas opções. A primeira era procurar ajuda; eu poderia ter ido à enfermaria da escola, ao psicólogo da escola, a um professor, a qualquer pessoa. Poderia ter contado que Hanna Best, aquela aluna amada por todos – a calma e tranquila Hanna Best, que parecia ser um ícone de equilíbrio –, era, na verdade, terrivelmente perturbada. Depois que terminassem de rir da minha cara, de me castigar por ter inventado uma história tão ridícula, depois de tudo isso, e se eu fosse capaz de convencê-los de que era verdade... então, o que aconteceria? Bem, a garota mais popular da escola, a garota que vivia pela adoração dos outros, passaria a ser, da noite para o dia, motivo de piadas. Seria arrasada. Eu magoaria a garota que amava de maneira irreparável. Mas, pior que isso, teria violado sua confiança. Iria, inevitavelmente, perdê-la para sempre.

Havia uma segunda opção. Eu poderia manter o segredo da Hanna. Poderia proteger a garota cuja personalidade forte e poderosa mascarava sua completa fragilidade. Poderia fazer tudo o que estivesse ao meu alcance para garantir que seu segredo permanecesse escondido. Acho que ela sabia, quando me escolheu para ser seu namorado, que eu era o tipo de cara que manteria seu segredo em segurança. Que faria de tudo para protegê-la e garantir que eu jamais a perdesse.

13

Sempre olho para a mesa vazia da Hanna quando entro na lanchonete. Contudo, hoje, não está vazia. Jasmine está sentada lá. Ando até ela e sento-me do outro lado.

"O que você está fazendo aqui?", questiono.

"Quando entrei nesse colégio, em setembro, não conhecia ninguém. Não é fácil mudar de escola no último ano."

Sheila fez isso no segundo ano, penso comigo mesmo, mas então lembro que Sheila não é uma pessoa real.

"Entrei na lanchonete no primeiro dia", continua Jasmine, "e não tinha ideia de onde me sentar, e ela me disse que a mesa estava ocupada."

Provavelmente Sheila, digo para mim mesmo.

"A questão é que ela se sentou sozinha durante todo o almoço. E, nos outros dias, percebi que ela comia sozinha, e isso me pareceu meio estranho." Sinto um tom de acusação em sua voz. Não sei direito aonde ela quer chegar.

"Você acha que todos me odeiam?", pergunto.

"Só porque você terminou com ela?"

"Eu não terminei com ela", afirmo, mas era assim que a Hanna via a situação. Então, talvez, eu tenha realmente terminado com ela.

"Fiquei com medo", conto para Jasmine. "Não sabia mais o que fazer."

14

As festas eram sempre o pior. Uma queria matar a outra. As cinco queriam ser o centro das atenções. Não as culpo por isso, pois esse é o maior benefício de ser a garota mais popular da escola. Não sei de onde tirei a brilhante ideia de me fortificar com álcool antes dos temidos eventos, mas logo se tornou um hábito que não podia mais evitar.

Era difícil acompanhar quem ela era ao longo da noite, e acho que às vezes até ela se confundia. Imaginei que, se algum dia ela fosse desmascarar seu disfarce, seria em uma festa. Eu a vigiava como uma águia e tentava mantê-la longe da ação. É claro, isso era mais fácil quando ela era a Hanna e mais difícil quando era uma das outras garotas. Ao final das festas, estava sempre esgotado. Sentia-me pronto para rastejar até a cama e dormir por vários dias.

Depois da festa de fim das aulas, na primavera passada, eu estava com a Hanna na cozinha. Todos haviam ido embora. Ela arrumava as coisas enquanto eu lutava para ficar acordado, sentado à mesa.

"É difícil acreditar que o primeiro ano já tenha acabado", comentou ela. "Quando a gente piscar os olhos, vai ser a formatura."

"Ainda bem", acrescentei.

"Por que você disse isso?", vociferou Hanna, nervosa. Olhei para cima e a vi me encarando, visivelmente magoada. Revisei mentalmente o que dissera, tentando encontrar algo errado. Não entendi nada.

"O quê?", perguntei.

"A formatura", repetiu ela. "É o fim de tudo."

"Bem, eu não colocaria dessa forma", resmunguei, mas começava a entender o que ela estava dizendo. Para alguém como a Hanna, para alguém que era a campeã invicta desse jogo chamado ensino médio, a formatura parece mais o fim de algo do que o começo do restante de nossas vidas. Alguns de nós estavam ansiosos para aquele dia, ansiosos pela vida adulta e por todas as perspectivas que isso trazia, mas Hanna não era uma dessas pessoas. Tinha tudo sob controle agora; por que iria querer mudar? Eu era um idiota por não perceber o que a formatura significava para alguém como a Hanna. Aliás, eu deveria ter tanto medo quanto ela dessa data que despontava no horizonte.

Então, vi os faróis na garagem. Hanna também viu.

"Droga. Minha mãe", falou ela. Olhou para o relógio: duas da manhã. "Ela chegou cedo."

"Acho melhor eu ir embora", concluí, mas não fui rápido o suficiente.

"O que você está fazendo aqui?", perguntou a mãe da Hanna ao me ver. Virou-se para a Hanna: "Pensei que já tivesse dito que não queria ele aqui".

"Relaxe", pediu Hanna. "A gente só está conversando."

Apesar de cem adolescentes terem estado ali durante a noite, Hanna havia conseguido a proeza de deixar o lugar impecável. A uma olhada rápida, tudo parecia perfeito, e a mãe dela, que estava ainda mais exausta do que eu, só pôde dar uma olhada rápida.

Durante todo o tempo em que a Hanna e eu estivemos juntos, a Sra. Best não gostava de mim. Isso é um eufemismo. A mulher me odiava. Nunca fiz nada para merecer seu ressentimento. Hanna insistia que era só porque ela era superprotetora, aquele tipo de mãe "nenhum homem é bom o suficiente para a minha filha". Ainda assim, eu não conseguia deixar de levar isso para o lado pessoal. Sempre suspeitei que, se eu fosse um cara mais popular – um jogador de futebol, um presidente do conselho estudantil –, a Sra. Best não implicaria tanto comigo.

"Não se preocupe, eu já estava de saída", expliquei.

"Jane, já conversamos sobre ele vir aqui", reclamou a Sra. Best.

Odeio ser mencionado como se eu não estivesse no recinto, e em outro momento eu teria me sentido obrigado a retrucar algo, mas outra coisa havia chamado a minha atenção.

"*Jane?*", repeti.

"Mãe", pediu Hanna, com um suspiro. "Ela me chama assim às vezes", explicou para mim, "mas eu odeio. É meio que o meu nome verdadeiro."

"Meio o quê?", repetiu a mãe, balançando a cabeça. "Você pretende passar a noite aqui?", perguntou para mim. Era seu jeito muito agradável de me mandar embora, e ela nem precisava falar duas vezes.

"Boa noite", disse, e acrescentei: "Jane".

"Não me chame assim", insistiu Hanna.

Fui embora aquela noite com uma sensação desagradável. Não conseguia tirar o nome "Jane" da minha cabeça. Imaginava quem seria ela e se algum dia eu a conheceria.

15

Procuro aquele tal de Bernedorn na internet. É um hospital psiquiátrico estadual que trata pacientes com "doenças mentais sérias e persistentes". Como se isso não fosse assustador o suficiente, encontro uma foto do lugar, que mais parece um cenário de filme de terror. Não quero pensar na Hanna em um lugar assim. Digo para mim mesmo que ela não pode realmente estar lá, que os médicos, que alguém caiu na real e percebeu que ela não pertencia a um lugar assim, que não era tão problemática. Talvez a tenham mandado para casa. Talvez a estivessem tratando sem internação.

Começo a ligar para o celular dela. Primeiro, espero para ver se alguém atende e, quando ninguém o faz, desligo. Depois do quarto ou quinto dia, decido deixar uma mensagem. Não sei ao certo para quem.

"Oi. Aqui é o Alex", digo. "Quero falar com você. Desculpe. Ligue pra mim."

Não sei quantas vezes eu deixei uma variação dessa mensagem, mas, um dia, quando estou pronto para deixar outra mensagem, alguém atende.

"Hanna?", respondo, esperançoso.

"Por que você não a deixa em paz?" A voz seca pertence à mãe dela.

"Não é minha culpa", defendo-me.

"Ela estava bem até conhecer você."

"Isso não é verdade", contesto. "Você não a conhecia de verdade."

"Você acha que eu não conheço minha própria filha? Acha que sou burra? Você não sabe o que está dizendo. Não passa de um vagabundo."

Ela desliga na minha cara, e percebo que perdi a oportunidade. Nem sei se a Hanna continua naquele tal de Bernedorn, nem se está bem. Em vez de criticar a Sra. Best, deveria tentar descobrir como a Hanna está. Penso em ligar de volta, mas imagino que só vou conseguir falar com a caixa postal.

Por que eu tinha de dizer aquilo? Aquela mulher me deixa louco; se ela prestasse um pouco mais de atenção à filha, a responsabilidade de tentar resolver as coisas não seria só minha. Se ela tivesse prestado atenção desde o começo, nada disso teria acontecido.

Embora eu tivesse deixado de conhecer a Hanna e a turma, talvez tivesse a oportunidade de conhecer Jane. Talvez ela fosse aquela garota porta-bandeira, que coleciona selos e quer ser veterinária. Talvez eu pudesse me cansar dela, mas talvez ela fosse o tipo de pessoa que nunca deixaria de ser interessante para mim.

16

Gilda foi quem me contou sobre a Jane, sobre por que Hanna se tornou Hanna. De todas as integrantes da turma, passei menos tempo com a Gilda, mas não porque não gostasse dela. Acontece que a Gilda era mais arredia. Talvez a integrante menos provável da turma, e também a mais relutante.

No verão antes do terceiro ano, trabalhei na praça de alimentação do shopping. Era terrível. A única coisa boa era que, às vezes, a Hanna, ou uma das garotas, passava para me visitar e fazer companhia por alguns minutos durante o meu intervalo. Ainda assim, fiquei surpreso quando Gilda apareceu uma tarde.

"Esse não parece ser o seu tipo de lugar", comentei.

"O quê? Garotas estranhas não podem fazer compras?"

Levava apenas uma pequena sacola.

"Acho que você não encontrou muita coisa", apontei.

Ela pôs a mão na sacola e pegou sua única compra, uma camiseta preta.

"Não sou muito de acordar cedo", explicou ela. "Não costumo ser eu a decidir a roupa do dia."

A confissão me surpreendeu. Embora as garotas da turma falassem sempre umas das outras, era sempre como se fossem indivíduos separados, e não personalidades que dividiam o mesmo corpo. Eu tinha quase certeza de que não tinham consciência de sua situação.

"Você tem um tempinho pra conversar?", perguntou Gilda.

Disse ao meu chefe que sairia para o intervalo, e ele começou a fazer um discurso sobre a doce inocência do primeiro amor. Se Gilda não estivesse lá, ele teria dito que ela me tinha na palma da mão e que, se eu não tomasse cuidado, logo estaria no altar sem nem ter idade para brindar com champanhe. Era cheio de conselhos sábios.

Gilda não quis se sentar nas mesas da praça de alimentação. Insistiu em ficar lá fora, na área de fumantes, apesar de não fumarmos, apesar de fazer uns trinta e cinco graus.

"As coisas não vão bem com a Hanna", anunciou Gilda, enquanto suávamos sob o sol escaldante. "Achei que devia saber, e ela não vai contar pra você."

"Como assim?"

"Esse vai ser um ano difícil pra ela."

Pensei no que a Hanna disse sobre a formatura naquela noite depois da festa.

"Tem alguma coisa que eu possa fazer?"

"Só esteja lá pra ela. Não a decepcione."

Era um pedido que eu deveria ter cumprido. Nada disso estaria acontecendo.

"Sabe", começou Gilda, "antes do ensino médio, não havia turma. Era só a Hanna e a Olivia."

"Por quanto tempo?", perguntei.

"Como assim?"

"Desde quando a Olivia existia?"

"Desde sempre", explicou Gilda. Então, em uma voz mais quieta, acrescentou: "Quase sempre".

"E a Jane?", indaguei. Essa era a outra coisa que eu não conseguia tirar da cabeça.

Gilda ficou séria. Eu sabia que pisava em um terreno perigoso, porém, não podia evitar.

"Nem tanto tempo assim", falou Gilda, em voz baixa.

"Talvez seja melhor começar do início", sugeri.

"O início...", repetiu ela, pensando na ideia. Depois, balançou a cabeça. Se eu não voltasse logo, levaria um sermão do meu chefe. Pensava que deveria voltar ao trabalho, voltar para o que parecia ser um ambiente mais agradável, quando Gilda disse: "Ela era uma menininha medrosa. Nunca fez nada pra merecer o que aconteceu a ela".

Sabia que falava da Jane. Sua voz era suave. Seus olhos pareciam tristes e assombrados. Parecia tão diferente da Hanna que eu quase podia acreditar que fosse outra pessoa.

"Jane nunca conheceu seu pai verdadeiro", continuou Gilda. "Sua mãe teve um caso com um cara que deixou a cidade muito antes de a Jane nascer, ou era casado com outra mulher, ou sua concepção foi resultado de uma noite da qual ninguém se lembra. Os detalhes são meio turbulentos. Ela era criança quando sua mãe conheceu o Tom. Tinha três anos e meio quando foi dama de honra do casamento dos dois. Sua mãe achou que seria bom pra Jane ter um homem por perto, uma figura paterna. Mas Tom não era o cara certo pra isso."

"Ele a machucou", completei. Não sou desses caras violentos, que exalam testosterona, mas, naquele momento, se Tom estivesse em qualquer lugar nas redondezas, eu teria causado um grande estrago. Poderia tê-lo matado.

"Sim", confirmou Gilda. Sua voz era apenas um suspiro. "Tinha alguma coisa errada com o Tom. Muito errada. O homem era um monstro."

"Aconteceu mais de uma vez?"

Gilda fez que sim.

"Ele ficava sozinho com ela à noite, enquanto sua mãe trabalhava."

"Onde ele está?", perguntei. Não sei o que estava pensando; que iria atrás dele e o faria pagar pelos seus erros? Não estava sendo nem um pouco racional.

"A mãe dela o fez ir embora, quando descobriu."

"Quantos anos a Hanna tinha?"

"Cinco. Crianças de cinco anos não deveriam ter de passar por isso."

Aproximei-me dela. Queria abraçá-la e confortá-la. Queria acariciar seus cabelos e dizer que nunca deixaria alguém machucá-la de novo. Ela se afastou. Esqueci que era Gilda, não Hanna.

Compreendi como deve ter sido. Jane, assustada, incapaz de lidar com o que lhe havia acontecido, desenvolveu outra personalidade, que era tudo o que ela não podia ser: esperta, forte, poderosa e destemida. Deixou que se apoderasse dela.

Mas, certamente, alguém deve ter percebido o que estava acontecendo. Ela deve ter recebido algum tratamento médico. Deve ter havido um terapeuta de algum tipo, alguém para ajudá-la a superar esse trauma. Por que não teriam reconhecido o que acontecia? Mas eu sabia a resposta.

"Ela recebeu algum tratamento?", questionei. "De um psicólogo infantil? Um médico?"

"Ela se consultou com um terapeuta por um tempo, mas depois começou o colégio e parecia estar indo muito bem, era como se estivesse normal."

"Mas não estava normal."

"Sua mãe só queria que Jane tivesse uma infância normal."

"Normal?" Não havia nada de normal na infância da Hanna. Estava a anos-luz de distância de uma vida normal. "Talvez sua mãe não quisesse encarar o fato de que foi ela quem se casou com aquele crápula. Talvez seja por isso que sua filha parou de frequentar o terapeuta." Eu estava tão nervoso que as palavras transbordavam da minha boca.

"Pra que mexer em lembranças ruins? Qual seria a vantagem disso?"

"Não é assim que funciona", expliquei. "Você não pode esperar que algo desse tipo seja esquecido." Pensei naquela garotinha, Jane. Ela ainda estava ali dentro? O que aconteceu com a Jane?", perguntei.

"Sua mãe a deixou escolher um novo nome."

"Escolher um novo nome?"

"Pra ela poder recomeçar do zero", elucidou Gilda.

"Ou pra se libertar da culpa do que deixou acontecer à sua filha." Eu não podia acreditar. Era como se a mãe da Hanna tivesse se desviado de seu caminho para fazer tudo errado.

"Ela mandou o cara embora", falou Gilda.

"Tarde demais."

Se não voltasse logo, perderia meu emprego. Mas eu não estava nem aí.

"Então, de onde veio a Hanna?", perguntei.

"De onde veio?"

"Seu nome. O nome Hanna. De onde veio?"

"Não sei exatamente. Acho que era de um bicho de pelúcia, sei lá."

"Meu Deus." Levei minha mão à testa. "Você não acha isso meio doentio?" Então, lembrei-me de com quem falava. Falava com uma das personalidades da minha namorada. Uma garota chamada Gilda, que eu duvidava que alguém mais conhecesse além de mim, minha namorada e suas outras personalidades. Sério, não fazia sentido perguntar se ela achava algo doentio.

"Elas se viraram bem por um tempo", continuou Gilda.

"Jane e sua mãe?"

"Hanna e Olivia."

Para mim, a definição de Gilda para "bem" era muito diferente da definição aceita pelo restante do mundo.

"A adolescência não tem sido fácil", acrescentou Gilda. "Foi por isso que ela criou a turma, e a gente sempre esteve lá pra ajudar. Mas não se pode ser criança pra sempre. Quando você se torna um adulto, as pessoas esperam que você consiga se virar sozinha. A Hanna não sabe ficar sozinha."

"Ela não precisa ficar sozinha", corrigi. Aproximei-me dela mais uma vez, esquecendo por um momento quem ela era, e ela me devolveu um olhar frio e congelante.

"Talvez todos estejamos prontos pra crescer", disse ela. Depois, olhou pensativa para o céu, com a mandíbula tensa típica da Gilda.

17

Encontrar o Hospital Psiquiátrico Bernedorn é fácil. Entrar para ver a Hanna é outro assunto. A recepcionista quer que eu desenhe uma árvore genealógica para provar que sou seu parente de sangue.

"É muito importante que eu a veja", digo.

"Ela está doente. Está sob tratamento."

"O que vocês estão fazendo com ela?" Minha voz sai em forma de um grito nervoso. Imagino um tratamento de choque, com aqueles aparelhos horríveis inspirados em filmes de terror.

"Se você vai usar esse tom comigo, vou ter de pedir para se retirar."

Noto que ela não respondeu à minha pergunta, mas cedo e vou embora.

O baile é neste fim de semana. Alguns meses atrás, eu não conseguiria imaginar ir sem a Hanna, mas agora é um alívio não ir, um alívio não ter de encarar os olhares, tentar ignorar os cochichos toda vez que eles pensarem que não estou prestando atenção. Se as coisas não tivessem mudado, se tudo continuasse como era antes, eu teria levado a Hanna ao baile. É claro, isso também seria uma espécie de pesadelo. Um evento como esse... Todas iam querer participar da ação. Eu seria uma espécie de babá, buscando sua atenção, impedindo que falasse algo errado para os nossos colegas, evitando que fosse desmascarada no meio da pista. Fico me perguntando se todo o trabalho que tive – correndo atrás dela, mantendo tudo na linha, em todas as festas – estava apenas prolongando o inevitável. Hanna era uma bomba-relógio. Talvez a questão nunca fora se ela se autodestruiria, mas quando.

Fico tentando me convencer de que é uma coisa boa não ir ao baile com a Hanna. Mas, apesar de visualizar o caos, o pesadelo que teria sido, imagino-a linda, esplendorosa e completamente feliz.

Na manhã do baile, acordo com uma sensação de vazio. Senti a falta da Hanna por tanto tempo, e sei que esse dia não deveria ser diferente, mas é. A dor e a saudade são fortes demais para ignorar. Preciso vê-la.

Não sei como vou entrar em Bernedorn. Só sei que sou um idiota por ter deixado aquela recepcionista me mandar embora da última vez. A Hanna não teria aceitado um não como resposta.

No caminho para o hospital psiquiátrico, formulo um plano. Ao entrar na área da recepção, serei uma pessoa diferente. Eles vão me deixar entrar. Minha confiança será inebriante.

A recepcionista agora é outra; parece que as coisas já estão a meu favor. Essa está com a cara enfiada em um livro. Olha para cima apenas para me examinar.

"Oi", cumprimento, como se fizesse isso sempre. "Estou aqui pra ver Jane Best. Sou o parceiro de laboratório dela." As palavras não são premeditadas, mas pareço saber o que estou falando.

"Só parentes", responde ela. O livro deve ser bom, pois ela volta a prestar atenção às suas páginas.

"Ah, escute, onde está a recepcionista que fica aqui normalmente? Durante a semana?"

"Ela tirou o dia de folga", explica a recepcionista, com os olhos ainda grudados no livro.

"Certo, porque eu já tinha resolvido tudo com ela. Eu tinha uma autorização da escola."

A mulher estende a mão para pegar a autorização, ainda sem olhar para cima. Droga, por que eu tinha de inventar isso?

"Bem, eu entreguei à outra recepcionista. A que costuma ficar aqui. A gente tem de entregar um projeto pra segunda-feira."

Ela finalmente abaixa o livro e me dá uma boa olhada. Eu devo parecer inofensivo, pois ela começa a preencher uma autorização de visitante com uma caneta preta.

"Preciso ver a sua identidade", diz ela. Entrego meu documento calmamente, embora minha cabeça esteja gritando "Isso! Isso! Isso!" em comemoração.

Depois de passar pela entrada, a recepcionista me dispensa com um cartão de visitante, voltando ansiosamente para seu livro. Quase piso na bola e peço para ela me explicar onde fica o quarto da Hanna, então percebo que não posso perguntar algo tão idiota.

Em vez disso, sigo o que parece ser a direção certa. Estudo meu cartão de visitante, em que escreveram algo indecifrável. Talvez sejam as coordenadas para o quarto da Hanna, mas não consigo entender.

Examino o elevador. Subir pode ser uma boa ideia, mas, ao fazê-lo, percebo que tenho de escolher um andar. Há três andares além desse, sem contar o porão. Imagino um porão cheio de registros médicos antigos e aquele cheiro de umidade. Num impulso, aperto o botão do porão.

O porão não é tão ruim quanto eu havia imaginado. Encontro o que estou procurando e, com um andar perdido e confuso, passo pela porta do escritório do zelador.

"Posso ajudá-lo?", fala o homem velho e sujo que está lá dentro. Ele não se levanta. Finjo estar surpreso com a pergunta.

"Ah, devo ter descido no andar errado", explico. "Estou aqui pra visitar uma amiga minha, uma colega de sala."

"Segundo andar", informa. "É lá que ficam as crianças."

"Certo", respondo. "Obrigado."

Quando desço do elevador no segundo andar, tenho duas direções para seguir. À direita, está um mural com todo tipo de animais coloridos. Eles acham que adolescentes vão se sentir melhor com essas imagens infantis? Então, começo a pensar naqueles animais coloridos. Há realmente crianças pequenas neste lugar? Deve haver, se eles têm algo assim. Sinto-me mal por essas crianças e brinco brevemente com a ideia de sair correndo e libertá-las, como um tipo de super-herói demente. Não, eles provavelmente me expulsariam antes que eu pudesse ver a Hanna. Ou me trancariam aqui, convencidos da minha própria insanidade.

Além disso, talvez seja melhor para essas crianças ser curadas enquanto ainda são jovens. Hanna provavelmente não estaria aqui hoje se tivesse recebido tratamento quando criança. Aliás, a Hanna provavelmente nem existiria se a Jane tivesse vindo a um lugar como esse. Seria apenas uma adolescente comum levando uma vida normal. Isso me deixa triste e amedrontado ao mesmo tempo.

Andando na direção oposta ao mural de animais, encontro-me em um corredor que parece ter sido planejado por alguém que não entende nada de jovens. Há muitas cores escuras aqui, com um ou dois tons claros. Quando chego a uma porta pintada com um efeito terrível de tinta esparramada, minhas dúvidas acabam. Encontrei a ala dos adolescentes.

Jane está em um quarto comum, sou informado. Um dos funcionários me leva de volta para lá. Passamos por uma série de quartos minúsculos – em alguns deles, vejo crianças sentadas na cama. Outros adolescentes passeiam pelo corredor. Todos parecem drogados e atordoados. É essa a aparência de um louco? Percebo que devem estar sedados. Tenho medo de ver o estado da Hanna.

O quarto comum é tão deprimente quanto o restante do lugar. Uma parede é repleta de janelas, porém elas não se abrem. Dão vista para um campo de grama morta. Há uma televisão minúscula rodeada por um monte de crianças. Alguns computadores pré-históricos emitem um zumbido no canto da parede, ao lado de uma pequena prateleira cheia de livros velhos. Olho em volta e, à primeira vista, não a vejo. Então, a garota que está curvada em uma das cadeiras se mexe, e a reconheço.

Seus cabelos estão sujos e sebosos. Está usando uma camiseta velha e um moletom. Há algo de errado com a cor da pele dela. Ela parece quase cinza sob a luz fluorescente do quarto. O choque de vê-la assim me faz vacilar.

"Hanna?", arrisco. É apenas um palpite. Não sei quem ela é.

"Alex", diz ela. Sua voz é tão fria e linear que ela parece não estar ali.

"Como você está?", pergunto.

Ela encolhe os ombros e olha para a vista deprimente das janelas.

"Este lugar", começo, mas não sei como terminar a frase. Ia dizer algo como "este lugar é um pesadelo", mas percebo que seria meio insensível, principalmente porque ela está presa a esse pesadelo.

"É o inferno", completa ela, naquela mesma voz fria e estranha. É a Hanna? Nem sei dizer. "Eu não esperava que você viesse aqui."

"Senti sua falta", digo. "Muito."

"Sinto falta de todo mundo", acrescenta ela, e ouço apenas uma pitada de emoção em sua voz, uma certa tristeza.

"O colégio não é o mesmo sem você", consolo.

"Não posso imaginar o que estão dizendo", responde ela. Continua olhando pela janela. Não sei se está chorando, mas pode estar. Em uma voz mais fraca, diz: "Mal sei dizer quem sou eu".

Uma música começa a tocar. Notas digitais estranhas, quase desordenadas, preenchem o ar. Viro-me e vejo um teclado antigo e uma garota com aquele mesmo olhar atordoado da Hanna tocando aquelas notas.

"Você é você", afirmo. Hanna vira-se e olha para mim.

"Seja lá quem for essa pessoa", lamenta ela.

"Tudo isso é para o seu melhor", conforto. Não sei se estou tentando convencê-la ou me convencer. "Você deveria ter recebido essa ajuda há muito tempo. É culpa da sua mãe. Ela errou feio."

"Não. Ela fez o que tinha de ser feito." Hanna desvia o olhar mais uma vez.

Acho que está brava comigo. Droga. Por que eu tinha de falar na mãe dela? É verdade, mas eu devia ter ficado de boca fechada.

"Ela trabalhou duro pra manter um teto sobre nossas cabeças, pra comprar minhas roupas. Fez tudo por mim", explica Hanna.

"Se ela realmente se importasse com você, teria tentado encontrar alguém pra ajudá-la." Enquanto digo isso, percebo que estou me comprometendo. Pelo meu próprio raciocínio, se eu realmente me importasse com a Hanna, teria ajudado, em vez de facilitar sua situação. "Ela estava tão ocupada com o trabalho, tão cansada. Nunca soube de verdade. Pensou que Olivia fosse uma amiga minha da escola, pois foi isso o que eu disse a ela. Porque era nisso que eu acreditava."

Tenho dificuldade em acreditar que sua mãe não sabia que havia algo de muito errado, contudo, ela passava muito tempo trabalhando e sempre dormia quando ficava em casa durante o dia. Talvez a Sra. Best tenha sido tão enganada quanto todos os outros. Nesse caso, o vilão sou eu. Só eu sabia do segredo da Hanna.

"Hanna?", chamo. Quero me aproximar e tocá-la, tirar seus cabelos sujos do rosto, mas algo me impede. Parece que seria inapropriado, por algum motivo. Não porque eu estaria violando alguma regra de conduta entre visitante e paciente, mas porque não tenho certeza de quem Hanna é. Tem algo estranho nela, algo errado.

"Olhe, é melhor você me chamar de Jane."

"Jane", repito. Lembro-me daquele dia, há quase um ano, em que ela me pediu para nunca chamá-la assim. "Essa é você?"

"Esta sou eu", confirma Hanna. "É quem eu sempre fui." Sua voz vazia não parece ter tanta certeza disso. Não quero chamá-la de Jane; não sei quem é Jane.

"E a Hanna?", pergunto.

"Estive trabalhando com uma psiquiatra", explica. "Ela quer que eu use meu nome verdadeiro, que eu tente ser eu mesma, sabe?"

"E depois? Todo mundo começa a chamar você de Jane e pronto? De repente, você está curada?" Sinto a raiva em minha voz e me odeio por agir assim, mas não consigo evitar. Não quero a Jane. Quero minha namorada de volta. Quero a Hanna e todas elas.

Hanna, Jane, quem quer que ela seja, anda até a janela e observa a paisagem triste. Essa garota desleixada vestida nesses trapos é a Jane? Quem é Jane para mim?

"Ei", chamo. "Sabe, você vai perder o baile neste fim de semana."

Isso faz com que vire e me olhe. Ela dá um sorriso malicioso e quase se parece com o que era antes.

"Não pensei que você gostasse desse tipo de coisa, Alex."

"Eu teria de ser um idiota pra perder a oportunidade de dançar com a garota mais linda de Fidelity. O que você me diz?", Estendo minha mão para ela.

Ela me observa como se eu fosse louco.

"Não estou vestida pra isso, e algo me diz que não vou ter um dia de folga pra ir ao baile."

"Posso ter uma dança, pelo menos?"

"Aqui? Não tem nem música."

Aponto para a garota no teclado.

"Você pode tocar uma música romântica?", peço. A garota me olha e volta para sua mesma melodia dissonante. Terá de ser suficiente.

Hanna segura minha mão. Continua olhando para mim como se fosse eu o louco, e talvez esteja certa. Tomo-a em meus braços, e dançamos naquele quarto triste e sujo. Fecho os olhos; posso vê-la em seu vestido e sentir não o olhar dos outros pacientes, mas de nossos colegas, enquanto deslizamos pelo salão.

18

Quando o último ano começou, as coisas eram diferentes. Piores. De repente, todos os dias eram como uma festa, e isso não é bom. Acompanhar quem a Hanna era de uma aula para outra era quase impossível. Eu não podia estar ao lado dela o dia todo, ou seja, não podia protegê-la. Tinha apenas de confiar em sua força para manter tudo sob controle, embora isso parecesse cada vez mais improvável conforme o passar dos dias. Estava com medo, e ela também.

"Queria que a vida tivesse um botão de pausa", declarou Hanna para mim uma tarde, enquanto estávamos sentados em frente a sua casa. O sol estava baixo no céu, e os últimos raios do outono não eram suficientes para enfrentar o frio. Coloquei meu braço em volta dela e ela descansou a cabeça sobre meu ombro. "Melhor ainda, um botão de rebobinar."

"Até quando você voltaria?", perguntei. Sua observação havia me magoado. Eu não queria estar em nenhum outro lugar naquele momento.

"Ano passado. Um ano antes. Sei lá. O quinto ano foi legal, ou talvez o quarto."

Eu não conhecia a Hanna no quarto ou no quinto ano. Não queria voltar tanto assim no tempo.

"O que tem de errado com o agora?", perguntei.

"As coisas estão mudando muito depressa. Logo, a gente vai se formar e tudo vai acabar antes mesmo de ter começado."

"Existe vida após a formatura", repeti.

"Talvez", ponderou ela, como se o assunto estivesse aberto para debate. Hoje, percebo que ela já sabia que suas personalidades estavam ficando inquietas. Podia senti-las puxando em direções opostas. Eu havia percebido uma mudança nela, mas não tinha entendido seu significado.

"Falando em voltar no tempo", lembrei, "eu tentei buscar algumas informações sobre o seu padrasto."

"O quê?", Hanna se afastou e me olhou assustada. "Por que você faria isso?"

Não sei por que eu esperava que ela concordasse. Sabia que era um assunto delicado, mas pensei que talvez esse fosse o único meio de cicatrizar a ferida. É o que eu teria buscado, no lugar dela. No entanto, Hanna nunca havia falado comigo sobre isso. Pensei que soubesse que eu sabia, mas ela nunca havia tocado no assunto. Era Gilda quem tinha me contado. Hanna nunca disse uma palavra.

De qualquer forma, achei que fosse bom para ela ver as coisas da forma que eu via.

"Escute, depois do que ele fez, ele merece ser punido, preso."

"Esqueça isso", pediu. "Foi há muito tempo."

"Não posso descansar sabendo que ele está solto por aí", insisti. "E se ele tentar machucar outra garota?"

"Tenho certeza de que isso não acontecerá."

"Mas você não tem como saber isso."

"Esqueça, Alex."

Ela se afastou de mim, e, sem o seu calor ao meu lado, senti o frio cortar minha pele. Hanna podia ter se convencido de que era tudo passado, mas obviamente estava errada. Eu não podia deixar aquele homem escapar à justiça. De uma forma ou de outra, ele pagaria pelo que fez.

19

Uma leve garoa cai sobre mim, enquanto escapo pela porta dos fundos em vez de comer os pratos sem graça do cardápio da lanchonete. Quero ficar sozinho. Não suporto ouvir mais nenhum tagarela idiota. As coisas chegaram ao limite. Deve ser assim todo final de ano, mas nunca reparei antes.

Na semana após o baile, voltei para a escola me sentindo pior do que nunca. Visitar a Hanna não curou minha saudade nem minha solidão. Pelo contrário: jamais senti tanto a sua falta. Aquela garota no hospital, Jane ou seja lá quem fosse, era apenas uma sombra da garota que eu conhecia. Não entendi como aquele lugar a ajudava. Talvez seja por isso que sua mãe ignorou o que pareciam ser sinais óbvios; talvez seja por isso que, naquela época, ela interrompeu a terapia de Jane depois de algumas sessões. Ela deve ter percebido que a maneira de sua filha lidar com a situação era melhor do que qualquer ajuda que os médicos pudessem oferecer. Eu sabia que eram apenas suposições, mas me senti menos culpado. Talvez eu não fosse um cara tão ruim por ter guardado o segredo da Hanna. "Antes isso do que transformá-la nessa sombra distante de uma garota", disse a mim mesmo.

Como que por solidariedade à garota que eu amava, passei as semanas seguintes em uma confusão tão profunda quanto qualquer outro paciente dopado de um hospital psiquiátrico. Passei pelas sensações do último ano do ensino médio sem viver nada daquilo. A única vez que senti alguma emoção foi quando me preocupei com a formatura, que estava chegando rápido demais (emoção causada pela Hanna). Queria desesperadamente parar tudo. Já era péssimo ela ter perdido o baile, mas a Hanna ia pirar se perdesse a formatura. Quer dizer, se ainda tivesse a habilidade mental de pirar. Não sei direito, depois de vê-la tão abatida.

"Vai ser tão estranho..."

A voz da garota me assusta. Dou um passo para trás, pressionando minhas costas contra a parede. Parece que não estou sozinho.

"Bem, ouvi dizer que talvez a Chrissy faça uma festa", diz outra garota.

"Como se desse para comparar", responde a primeira garota. "Droga, eu já tinha até escolhido a roupa que ia vestir!"

"Aí já é exagero! Como você sabia se tinha entrado na lista?"

"Sei lá. Talvez ela volte antes da formatura."

"Eu não contaria com isso. Ouvi dizer que ela fez tipo uma lobotomia."

Agora é essa a fofoca? Inacreditável. Resisto ao impulso de corrigi-las e saio pelo outro lado do prédio. Desde que a Hanna se foi, ouvi todo tipo de explicação sobre o que aconteceu com ela, algumas surreais, outras bem próximas da realidade. A explicação mais comum é que ela teve um colapso nervoso. A maioria dos adolescentes parece supor que a pressão de ser a garota mais popular do colégio finalmente se tornou demais para ela. Apesar de não ajudar a espalhar o boato, também nunca me opus a ele. Está próximo da realidade sem fazê-la parecer uma anormal. Por mim, tudo bem.

E essas garotas não são as únicas a sentir falta das festas da Hanna. Eram um pesadelo para mim, mas, só de poder vê-la em seu ambiente, tão feliz, aproveitando a adoração de seus colegas, valia a pena toda a correria e as peripécias que eu tinha de fazer.

Ao ver uma perua verde estacionada em uma das vagas de visitantes, paro de andar. O que o carro da Sra. Best está fazendo aqui? Pânico e esperança tomam conta de mim ao mesmo tempo, e começo a correr em direção ao carro.

Está vazio, mas, do outro lado, vejo Hanna de pé, apoiada contra a porta. É uma sombra da garota que eu conhecia, porém parece melhor do que quando a vi no hospital.

"Você está...?" Não sei como terminar a pergunta. Nem sei o que estou perguntando.

"Livre?", completa ela. Algo no tom seco de sua voz me pega de surpresa.

"Olivia?"

"É só a Jane, Alex", corrige ela. Apesar de saber que isso é bom, meu coração dói um pouco.

"Quando você volta para a escola?"

"Continuo em prisão domiciliar por um tempo. Ainda estou em tratamento. Acho até melhor eu não voltar, sabe?"

"Não, não sei."

"Olhe pra mim, Alex. Não pertenço a este lugar. Posso ver isso. Todos acham que sou uma maluca. E estão certos."

Penso nas duas garotas que ouvi falando sobre a suposta lobotomia, mas também me lembro do que iniciou a conversa. Falavam sobre perder a festa de fim de ano da Hanna.

Hanna, Jane, seja lá quem for, recusa-se a olhar para mim. Olha para baixo, para seus sapatos, como se fosse a Patrícia. Quando estico a mão para tirar um fio de cabelo de seu rosto, ela se afasta e fica vermelha. Está agindo exatamente como a Patrícia.

"Hanna?", chamo, só para ter certeza.

"Jane", responde ela. Droga, é mesmo. Vou levar um tempo para me acostumar a esse nome.

"Eu amo você."

"Bem, pelo menos alguém me ama."

"Você não imagina o quanto", afirmo.

Vejo a mãe dela saindo da escola e vindo em direção ao carro. Não quero estar por perto quando ela chegar.

"É melhor eu voltar pra aula."

Afasto-me dela, com uma sensação ainda pior do que antes. Olho para trás e a vejo ali, tão triste e sozinha, e decido compensar o mal que fiz a ela.

20

As coisas continuaram piorando. Em nosso primeiro ano juntos, as mudanças de personalidade da Hanna não eram tão frequentes. Antes, quando ela era a Hanna, ou alguma outra, permanecia essa pessoa por pelo menos um tempinho. Eu sabia que havia um conflito interno; fiquei sabendo dos desentendimentos entre as diferentes integrantes da turma, mas nunca tinha presenciado tais discordâncias. Tudo isso mudou no último ano.

Enquanto a formatura se aproximava, o conflito interno aumentava e, de repente, não era mais tão interno. Encontrei-me na desconcertante posição de falar com mais de uma integrante da turma ao mesmo tempo. Era confuso e preocupante, mas pelo menos eu sabia o que estava acontecendo. O que ocorreria, eu imaginava, se suas personalidades começassem a brigar na frente de alguém que não sabia o que se passava? Seria um desastre. Mas o que realmente me preocupava era ver como a Hanna parecia estar perdendo o controle.

A questão é: ela nunca havia mostrado sinais de loucura antes. Já pareceu levemente excêntrica, no máximo, porém essa intensidade elevada me fez ver tudo de uma nova perspectiva. Estava cada vez mais dispersa, como se não soubesse mais quem era. Agora eu sabia que a Hanna precisava de ajuda.

Pouco antes da festa de Natal, a vi no corredor, depois da aula. Era Sheila, mas também Olivia. Estavam tendo algum tipo de discussão sobre a decoração da festa.

"Não, a gente não pode simplesmente "jogar uns brilhinhos", dizia Sheila. "Imprimi uma lista dos itens decorativos que vamos precisar. Você ao menos leu a lista?"

"Não li", rebateu Olivia. "Pensei que aquilo fosse a relação de todos os itens da loja."

"Parece que tenho de fazer tudo sozinha por aqui! Esqueça. Eu vou buscar as decorações. Você só precisa gravar o CD de músicas natalinas."

"Não."

"Não?"

"Meu Deus, Sheila, dá pra você ser mais chata?"

"Escute, sua vaca nojentinha, só estou pedindo pra você fazer um favor pra mim."

"Bem, falando assim, não."

Ela girou e me viu parado ali. Tenho certeza de que eu estava em choque, possivelmente assustado. Minha boca devia estar aberta.

"Alex", disse ela, na voz falsamente doce da Sheila.

"Está tudo bem?", perguntei.

"Ah, tudo maravilhoso. A Olivia e eu estávamos repassando os planos para a Grande Festa."

"Claro", respondi. "A gente se vê mais tarde." Saí pelo corredor. Ela gritou algo para mim, algo sobre a festa, mas não parei para escutar. Vê-la brigando consigo mesma havia sido assustador. Eu estava coberto por uma camada fina de suor, e não tinha certeza de aonde devia ir, até entrar na sala do coordenador.

"Posso ajudá-lo?", ofereceu a secretária.

"A psicóloga da escola está aqui?", perguntei.

"Ah... Ela acabou de sair." A secretária viu meu rosto suado e a expressão preocupada em meus olhos, concluindo então que eu precisava desesperadamente de ajuda profissional. "Tome o número da emergência."

Fui embora com o número anotado, mas nunca telefonei. Consegui manter a calma. Percebi, mais uma vez, que não poderia fazer isso com a Hanna, não importava o quanto as coisas tivessem piorado. Entregá-la dessa forma teria sido crueldade, mesmo que fosse para seu próprio bem.

Em vez disso, disquei outro número. Minha mão tremia enquanto discava. Quando ela respondeu, eu estava com tanto medo que não conseguia falar.

"Alô?", falou pela terceira vez, em um tom irritado. Senti que estava prestes a desligar.

"Espere", pedi. "É o Alex."

"O que você quer?", questionou a Sra. Best. "Ela ainda não está em casa."

"Eu sei. Queria falar com você sobre ela. Tem algo que você deveria saber." Meu coração palpitava. Eu não tinha certeza se realmente queria fazer isso, mas então me lembrei da briga que havia testemunhado. Tentei me convencer de que era algo passageiro, mas sabia que não era verdade. Houve outros avisos.

"Ah. Você acha que tem algo a me dizer sobre minha própria filha? Eu a conheço melhor do que você vai conhecer na sua vida toda", retrucou a Sra. Best.

"Não tenho certeza disso", argumentei.

"Acredite, querido, eu conheço. É melhor você encontrar outra pessoa pra atormentar."

"Mas..."

"Deixe-a em paz, está me escutando?"

Ela desligou na minha cara. Não estava sendo racional. Talvez fosse melhor assim. Ela teve anos para ajudar a filha e nunca fez nada; até tirou a Hanna da terapia. Deixou sua filha de cinco anos escolher um novo nome para si. Supôs que Olivia fosse simplesmente alguma amiga da escola, embora nunca a tivesse conhecido. Por anos, essa mulher só viu o que queria ver. Talvez ela realmente não soubesse, talvez sim. De qualquer forma, a Hanna poderia ter recebido um pouco mais de atenção.

Imaginei se o motivo para ela me odiar não era porque achava que eu não fosse bom o suficiente para sua filha, mas porque, na verdade, eu conhecia Hanna melhor do que ela.

21

Assim que eu entro, a moça começa a escrever um aviso de atraso.

"Não, não preciso de um aviso de atraso", deixo claro. "Estou no horário de estudos." Ela me olha desconfiada, como se eu tivesse me confundido. "Desci aqui pra pegar uma lista de todos os alunos do colégio."

Ela ri, como se eu tivesse contado uma piada hilária.

"O que você está realmente fazendo aqui?", pergunta, voltando a ficar séria.

"Por favor", peço. "Não é nada de mais. Tenho certeza de que é só você apertar um botão e conseguir isso pra mim."

"Não posso simplesmente imprimir uma lista de todos os alunos pra você."

"Não quero telefones, identidades, nem nada, só os nomes. Isso é informação pública."

"Nós não fazemos isso", aponta ela. Percebo que não vai me ajudar. "Por que você não olha no seu livro do ano? Todos os nomes estarão lá."

Minha apatia social voltou para rir da minha cara. Não tenho um livro do ano, nunca me inscrevi para receber um. Não via motivos para isso. Acho que a Hanna pediu um, mas isso não ajuda muito agora. Terei de encontrar alguém disposto a me emprestar o livro do ano.

Não sei onde fica o armário da Jasmine, mas não demoro a encontrar. Analiso a multidão de adolescentes que se junta na frente dos armários. Procuro uma esquisita com meias de zebra e uma saia que até leigos em moda como eu podem ver que não combina com nada.

"Preciso do seu livro do ano emprestado", peço.

"Oi, Alex", responde ela. "Quer almoçar comigo?"

"Não tenho tempo", explico. "Preciso usar o seu livro do ano pra uma coisa."

"Não tenho o livro do ano", devolve ela, encabulada. "Não conheço ninguém, sabe, então achei que não tinha por que guardar o livro do ano. Acho que não sou muito boa em fazer amizades."

"Você não conhece ninguém que possa me emprestar?"

"E você? Você é, tipo, o cara mais popular do colégio."

Eu rio dela.

"Eu? Eu sou um coitado."

"Vou ver o que posso fazer", diz ela, com um suspiro.

Mesmo em uma fonte minúscula, a lista ocupa doze páginas. É do tamanho do quadro de avisos. Cubro-o com o papel, mas, mesmo assim, algumas páginas ocupam também a parede ao redor. É uma tremenda bagunça, mas uma bagunça que chama a atenção. Sorrio para mim mesmo.

Na manhã seguinte, uma multidão bloqueia o corredor. Nunca vi tanta gente amontoada em volta de uma lista da Hanna, mas as listas da Hanna nunca levaram tanto tempo para serem lidas. É bobo, eu sei. Eu poderia simplesmente ter colocado um aviso dizendo que todos estavam convidados, poupando-me do trabalho de digitar essa lista e poupando a todos do trabalho de lerem-na, mas não seria tão divertido.

Além disso, perderia todo o sentido. O objetivo é ser citado, ser especial, sentir a alegria de ver seu nome em uma das infames listas de convidados da Hanna.

Há alguns cochichos e murmúrios. Algumas pessoas não têm certeza se a lista é verdadeira. Como a Hanna poderia fazer uma festa, se está trancada em um hospício? Desde quando a Hanna convida tanta gente para uma festa? As vozes dissidentes, entretanto, são minoria. A maior parte dos estudantes reunidos aceita a lista alegremente, como verdade absoluta. Eles querem acreditar.

A maioria analisa a lista, procurando por seu nome e os nomes de seus amigos; talvez, depois que o boato de que todos estão na lista se espalhar pelo colégio, ninguém a examinará tão minuciosamente. De qualquer forma, imagino que nenhuma pessoa vá reparar em quatro nomes a mais na lista, quatro nomes que nunca estiveram lá antes. Talvez alguém questione, ao bater os olhos em um dos nomes desconhecidos, mas presumirá que seja apenas algum aluno que não conhece.

Era algo que eu precisava fazer.

Foi algo ideológico da minha parte, é claro. Mas talvez seja mais uma coisa: justiça. Elas estiveram aqui como qualquer outra pessoa, mas seus nomes nunca apareceriam no livro do ano. Seriam deixadas de fora da cerimônia de formatura. Eu não queria que fossem apagadas, como se nunca tivessem existido.

Não contei com Jasmine. Ela me encontra em meu armário. Está segurando o livro do ano que pegou emprestado para mim com uma garota da sua aula de Matemática.

"Reli esses nomes três vezes", diz Jasmine.

"Ninguém vai fazer uma chamada oral, fique tranquila", respondo.

"Não tem nenhuma Gilda aqui, nem Olivia, nem Patrícia."

"Esqueceu a Sheila. Você comparou cada nome da lista com o livro do ano? Deve ter levado um tempão."

"Só os estranhos. Gilda é o nome que ela usou quando estava com o vestido roxo. Ela me disse que seu nome era Gilda."

"Quem adivinharia que era um nome tão comum?" Fecho meu armário e começo a andar pelo corredor.

Jasmine não entende o recado. Passa a me seguir.

"Não é um nome comum. Quem é Gilda? E Olivia e Patrícia, e o outro nome que você disse, Sheila?"

"Piada interna", explico. "Acho interessante que você esteja tão preocupada com a lista de convidados. Você nunca se importou antes."

"Quem são elas?"

"Aliás, você percebeu que o seu nome está lá?"

"Você não vai me responder, né?"

Começo a me arrepender de ter colocado Jasmine na lista. Teria sido maldade excluí-la, principalmente depois de ela pegar o livro do ano emprestado para mim, mas ela consegue ser muito irritante.

"Por que você se importa tanto?", pergunto.

"É por isso que às vezes ela se sentava sozinha no almoço, não é?"

Percebo que talvez eu tenha ido longe demais. Não contava com toda essa investigação. Jasmine é intrometida e esperta demais. Tenho medo de dizer alguma coisa, certo de que posso deixar escapar, acidentalmente, o segredo que ajudei a manter escondido por tanto tempo.

"Preciso ir", falo. "Tenho de fazer uma coisa."

22

Provavelmente, uma das maiores dificuldades de namorar a Hanna era ter de ajustar meu próprio comportamento a quem ela era a cada instante. Se fosse a Hanna, eu era seu namorado, mas, se fosse uma das outras garotas, então eu era apenas o namorado da amiga dela. Grande diferença. Eu esquecia muito, e outras vezes nem me esquecia, simplesmente ignorava o fato de que ela era outra pessoa.

Sabe, claro, é errado beijar a melhor amiga da sua namorada, mas e se a melhor amiga for apenas outra personalidade que vive no corpo de sua namorada? Quer dizer, se no fundo ela ainda é a sua namorada, não deveria importar, certo?

E a questão é que eu a amava. Amava tudo nela, não apenas a sua parte Hanna. Até a Sheila era atraente. Era como se estivesse namorando alguém que levasse algum tipo de vida secreta e você não soubesse no início. Como se tivesse seu próprio programa de entrevistas no rádio ou algum blog secreto e você descobrisse, e acabasse gostando de como ela era essa pessoa diferente quando estava no rádio ou escrevendo em seu blog. Isso ainda faz parte de quem ela é, e você não estaria errado em se apaixonar por ela de novo ao ouvir sua voz no rádio ou ler as coisas que escrevera. Era meio que isso, porém um pouquinho diferente.

Meu palpite é que, se você contasse para sua namorada que tinha escutado seu programa de rádio secreto e se apaixonado por ela de novo, ela não agiria como se você estivesse dizendo algo completamente absurdo, ou como se a estivesse traindo. Mas não funcionava dessa forma com a Hanna. Não era como se eu estivesse apaixonado por cinco garotas diferentes. Estava apaixonado por apenas uma garota. Pelo menos, era o que eu dizia para mim mesmo.

No entanto, quando ela era Olivia e dizia que não me amava, ou que gostava daquele Gabriel Avenale, era como um soco no estômago. Ela não fazia isso por maldade. Não poderia saber o quanto isso me magoava. E eu não sabia como ela poderia não entender. Não parecia possível que ela fosse tão cega.

Ficou ainda mais confuso para mim à medida que ela piorava. Uma noite, encontrei-a fixando a lista de convidados. Hanna sempre colocava as listas, porém não estava agindo como ela mesma. Observei enquanto ela tentava, com mãos trêmulas, prender a lista no quadro de avisos. Tentou várias vezes, e chegou até a se cortar.

"Hanna?", chamei.

"Ah!", gritou ela. Estava tão assustada que deixou cair a tachinha, a qual fez um barulho alto ao cair no chão, ecoando pelo corredor vazio. Ela ficou vermelha e seus olhos ficaram grandes e temerosos, como um cervo diante dos faróis de um carro. "Alex", disse ela. "O que você está fazendo aqui?"

"Detenção", respondi. Parecia Patrícia. Estava certo de que era Patrícia, mas o que ela fazia fixando aquela lista? As coisas andavam tão estranhas ultimamente que eu não sabia direito o que se passava. "Patrícia?"

"Não é o que parece", explicou ela. "Eu estava só vendo a lista, mas ela começou a cair e eu estava só prendendo de volta."

"Ah", respondi. Era mentira. Eu a havia visto colocando a lista ali. Mas não disse nada. Ela não me olhava nos olhos. Queria envolvê-la em meus braços e abraçá-la forte, dizer que tudo ficaria bem e que ela não precisava se preocupar.

Aproximei-me, porém ela deu um passo para trás, murmurou algo sobre ter de ir embora e saiu correndo pelo corredor. Imaginei se a coisa estava tão ruim que ela tinha começado a se confundir, esquecendo quem era ou o que deveria fazer. Em vez de ir embora, andei pela escola pensando nela, no quão estranhas as coisas haviam se tornado. Antes eu poderia mentir para mim mesmo e dizer que ela tinha tudo sob controle, mas, agora, ela parecia estar perdendo cada vez mais as rédeas da situação. Eu conseguiria simplesmente ficar parado ali e vê-la desmoronar?

Não era muito mais tarde quando ela voltou. Estava no mesmo lugar de antes, em frente ao quadro de avisos. Parecia tão confusa quanto eu. Estava certo de que era Hanna esse tempo todo, mas estava errado. Era Olivia. Inventou alguma desculpa sobre procurar o seu livro de Física. Estava mentindo, assim como fez quando era Patrícia, contudo Olivia não tinha vergonha de mim. Deixou-me beijá-la. Embora isso provasse que ela estava mais confusa do que nunca, não me importei, pois pensava que talvez eu pudesse ajudá-la a manter o controle. Nós dois (ou nós seis) poderíamos descobrir alguma maneira de fazer tudo funcionar, de mantê-la no caminho certo. Era o único jeito.

23

A formatura está quase chegando e já entreguei todos os meus trabalhos, mas ainda tenho um projeto de pesquisa para completar. Não vou receber nota por ele, mas sei que é mais importante do que qualquer outro trabalho que eu já tenha feito para o colégio. No final, tudo pode levar a um único homem. O padrasto da Hanna é a origem de todo o mal, até onde sei. Foi ele quem a levou ao fundo do poço, e sua presença maligna esteve escondida nas sombras por todos esses anos. Encontrarei esse desgraçado e também alguma maneira de a Hanna se livrar de seus demônios.

O único cara que localizei não leva a lugar algum. Tem o nome certo, mas, fora isso, nada que indique ser o homem que procuro. O que preciso é de alguém que tenha uma ligação concreta com Fidelity; é a única forma de saber que é o cara certo. Eu poderia tentar fazer uma busca nos registros públicos, para ver se encontro uma certidão de casamento, algo que prove que ele viveu aqui em algum momento. Em vez disso, estou sentado na frente de um dos computadores da biblioteca pública, fazendo buscas desesperadas no Google, sem resultados.

"Quem é esse cara?"

Olho para trás. Jasmine está em pé, bem atrás de mim.

"Não é da sua conta", resmungo. Desligo rapidamente a tela.

"Você está tentando encontrar o seu pai verdadeiro ou algo assim?"

"Não." Queria que ela me deixasse sozinho, mas então paro para pensar. Jasmine é esperta e persistente, talvez saiba como encontrar alguém. "Tá bom, estou", admito. "Fui adotado quando era pequeno. Estou fazendo umas pesquisas. Não sei muito, mas sei que ele viveu em Fidelity quando eu era mais novo." Parece que estou mentindo, porém acho que Jasmine acredita.

"Você deveria olhar no *Diário de Fidelity*", sugere. As edições antigas não ficam arquivadas na internet, mas a biblioteca tem tudo em microfilme.

"Como você sabe disso?"

"Não tem muita coisa para uma estranha sem amigos como eu fazer por aqui", explica, encolhendo os ombros. Fico olhando para ela. É a explicação mais idiota que já ouvi. Ninguém lê jornais velhos em microfilme só para passar o tempo. Continuo olhando para ela. Uma hora, ela desiste. "Eu queria descobrir tudo o que pudesse sobre a Hanna. Depois do Google e dos livros do ano, recorri ao jornal local."

"E o que você descobriu?"

"Nada. Ela entrou no quadro de honra dos estudantes algumas vezes, mas só isso. Parece que conseguiu se manter fora dos holofotes da mídia."

Eu rio de seu comentário.

"Bom, vamos ao microfilme."

Deixe-me explicar algo sobre microfilme: não é nada divertido trabalhar com ele. O processo é entediante. Com Jasmine ao meu lado, leio página por página, edição após edição do *Diário de Fidelity*, sem saber exatamente o que procuro, sem saber ao menos se tem alguma coisa ali. Invariavelmente, outras manchetes chamam a minha atenção, e perco tempo lendo uma notícia de 13 anos atrás.

Penso em Jasmine e em todo o tempo que passou olhando para o microfilme, procurando algo sobre a Hanna. Deve ter levado horas, dias. Por que ela faria algo assim? Estaria obcecada a esse ponto? A resposta, obviamente, é sim, mas não entendo.

"Você realmente olhou tudo isso procurando algo sobre a Hanna?", pergunto.

"Eu não tinha nada melhor pra fazer."

"Você percebe que esse comportamento é meio estranho e obsessivo?"

"Acho que não estou sozinha nesse quesito", retruca. Depois, olha para mim como se soubesse que a desculpa de procurar pelo meu pai verdadeiro é uma grande mentira. Fico vermelho de vergonha e finjo prestar atenção em uma notícia que aparece na tela.

Ao segundo parágrafo, não estou mais fingindo. Vejo a data no topo da página. É muito depois do que teria imaginado, logo antes de entrarmos no ensino médio, e a história não é nem um pouco como eu esperava.

Jasmine, é claro, segue para as próximas páginas, mas a interrompo.

"Espere aí", peço. "Volte."

Ela volta à página da notícia. Começa a ler e fica paralisada ao ver o nome.

"Essa é a mãe da Hanna, não é?", pergunta. Eu confirmo.

Aparentemente, no verão antes de começarmos o ensino médio, o lago foi drenado para fazerem alguns reparos na barragem. Encontraram o corpo no leito lamacento do lago. Esteve ali por cerca de nove anos, desde que o homem desapareceu da vida de Hanna, deixando uma menininha assustada para trás. A polícia interrogou a viúva sobre o homem, e a Sra. Best mencionou o problema de seu marido com a bebida. Isso e os resultados da autópsia levaram a polícia à conclusão de que Tom Framm, totalmente bêbado, teria tropeçado na ponte perto da barragem, caído no lago e se afogado nas águas fundas e escuras.

"Era o pai dela?", questiona Jasmine.

"Padrasto", corrijo. Lembro-me de Gilda dizendo que a mãe de Hanna havia feito seu padrasto ir embora. Mas não me lembro de ter mencionado um problema com o álcool.

24

A maioria dos caras acredita ser muito mais desejável do que realmente é, e Gabriel Avenale é um desses caras. Hanna nunca deu tanta atenção assim para ele, então nunca me preocupei que ela pudesse terminar comigo por causa dele. É claro, ela estava insatisfeita com algumas coisas em nosso relacionamento, mas era meio que como num filme de espionagem – eu sabia demais. Mas, de tão romântico e bobo que eu era, achava que fosse porque ela era tão apaixonada por mim quanto eu era por ela.

Foi Olivia, logicamente, quem passou a falar do Gabriel. Foi quando comecei a ter minhas dúvidas. Ainda que não fosse a Hanna falando, a Olivia era a Hanna. Quando você ouve sua namorada puxando o saco de um jogador de futebol idiota com um sorrisinho irritante, não importa se é sua namorada ou o *alter ego* dela falando. De repente, você se sente muito vulnerável.

E, então, você vê esse mesmo cara, todo sorridente, conversando com a sua namorada entre as aulas, ou ele e seus amigos se amontoando em volta dela no almoço, ou os dois babando um em cima do outro em uma festa. Não acho que tenha sido tão insensato que eu tivesse ciúmes daquele babaca metido.

Um dia, depois da aula, encontrei Gabriel sozinho na escadaria, mas é claro que eu havia aprendido algumas coisas com a Hanna. Aquele encontro ao acaso não foi tão acidental assim. Não foi mera sorte eu estar carregando uma régua de metal que tinha pegado emprestado da sala de Desenho Geométrico. Aquela régua tinha o tamanho exato para encaixar na maçaneta das portas, para garantir que não tivéssemos companhia.

Sinto que devo esclarecer algumas coisas. Gabriel é maior que eu. Gabriel pratica esportes; eu, não. Não me envolvi em nenhuma briga desde que estava no jardim de infância e joguei areia na cabeça de Timmy Rukowski. O que pensava que estava fazendo, encurralando Gabriel em uma escadaria vazia? Digamos que o ciúme pode levar alguém a fazer coisas realmente impensadas.

"Oi", cumprimentou Gabriel, com aquele seu sorriso irritante, como se fôssemos velhos amigos.

"Fique bem longe dela", aviso.

"Nossa, calma", responde Gabriel. "Eu nem sei do que você está falando."

"Até parece que não sabe. Fique bem longe da minha namorada."

"Sua namorada?"

O tom de questionamento me pega de surpresa. Por que ele perguntou dessa forma? Eu sabia que não era a Hanna quem estava interessada nesse idiota, mas ninguém mais sabia disso. Ninguém nem sabia que existia uma garota chamada Olivia.

Ou sabia? E se, durante todo esse tempo, eu estivesse enganado em acreditar ser o único que conhecia a Hanna? E se, durante todo esse tempo, eu não fosse o único a saber que o motivo para a Hanna parecer tão segura de si era não ser apenas uma pessoa? E se o Gabriel tivesse descoberto? E se o colégio todo soubesse?

"Hanna", esclareci, mas minha voz havia perdido força. Nem eu estava convencido das minhas palavras.

"Não sei do que você está falando", declarou Gabriel. "Mal conheço ela."

"Quem você conhece?", perguntei, em voz murcha. Um nó gelado parecia ter se formado em minha garganta.

"Diana", respondeu ele. "A gente está junto faz tempo."

Diana? Lutei para controlar o pânico, para me acalmar diante do meu rival. Não conhecia Diana, mas seria possível que houvesse uma nova personalidade que eu ainda não conhecesse? Gilda havia dito que eram apenas Hanna e Olivia por um bom tempo, mas, com todo o estresse do colégio, ela e as demais tinham surgido. Eu sabia que a Hanna estava completamente abalada com a formatura, com a ideia de deixar a escola, portanto não fazia sentido que ela lidasse com aquele estresse da maneira como sempre havia lidado, criando algum outro *alter ego* para ajudá-la?

Eu nem ligaria se ela criasse uma nova personalidade. Não teria me importado com isso. O que eu não aceitava era que Gabriel conhecesse essa personalidade que eu nunca conheci.

"O quê?", exclamou Gabriel. "Ei, você está bem?"

Balancei a cabeça e fui embora. Não me atrevi a dizer nada. Se dissesse, temia que começasse a chorar. Arrastei-me até a porta e a segurei, mas, ao puxar a maçaneta, algo me impediu. Havia me esquecido do meu plano idiota com a régua de metal, um plano que parecia tão inteligente e intimidador há poucos minutos, mas agora parecia uma babaquice. Olhei para a régua e lágrimas começaram a cair dos meus olhos.

"Ei, ela terminou com você?", perguntou Gabriel.

"Foi isso que você pediu pra ela fazer?", indaguei. Não olhei para ele e tentei esconder o choro, mas acho que ele percebeu em minha voz. Eu era patético.

"Não. Por que eu faria isso?"

"Pra poder ficar com ela só pra você."

"Cara, já disse que estou com a Diana, tá legal? A mãe e o pai dela viajarão neste fim de semana e ela vai ficar sozinha em casa. Não sou idiota de fazer alguma coisa pra estragar isso, né?"

"Ela não tem pai", expliquei. "A gente não pode simplesmente dividir..."

Parei. Lembrei-me de ter visto Gabriel na hora do almoço sendo todo carinhoso com uma garota que vestia roupas apertadas. Não conseguia recordar o seu nome, mas talvez fosse Diana. Lembro-me de ter ouvido alguma história sobre ela ter sido expulsa do Comitê dos Estudantes contra Drogas e Álcool.

"Espere. A Diana é aquela garota que almoça com você, a que tem problema com bebida?"

"Não sei por que todo mundo diz isso", comenta Gabriel. "Ela quase nunca bebe. O que você disse sobre o pai dela?"

"Deixe pra lá. Eu confundi ela com outra pessoa."

Tirei a régua da maçaneta e escapei pela escadaria. Não acreditava na besteira que havia feito. Na metade do caminho, percebi que poderia ter sido pior; muito pior. Quase estraguei tudo só porque fiquei com ciúmes de outro cara. Quase deixei tudo escapar.

25

Existem, aproximadamente, dois milhões de coisas que poderiam dar errado, mas não quero pensar nisso. Prefiro me concentrar no lado positivo, como o fato de que um novo capítulo em nossas vidas está prestes a começar, de que o futuro inteiro espera por nós. Eu conhecia uma garota que acharia tudo isso negativo. Às vezes, a vantagem de amadurecer é que isso nos faz ver o mundo de uma maneira totalmente nova.

De pé na cozinha da Hanna, examino os sacos enormes de salgadinho e pipoca que cobrem a mesa. Avisei que a festa de fim de ano ainda seria em sua casa, mas não especifiquei o número de pessoas.

"Acho que vai faltar salgadinho", digo.

"Quantas pessoas você pôs na lista de convidados?"

"Bem, todo mundo."

"Todo mundo?"

"A escola toda."

"Alex! Onde a gente vai botar todo mundo?"

"Está uma noite bonita. Tem muito lugar no jardim."

Olho em sua direção, torcendo por um sorriso, mas aquele olhar vazio e distante continua ali. É difícil me acostumar a isso. Nem se parece com a Hanna... porque não é mais a Hanna. É a Jane. E não conheço realmente a Jane. A verdade é que ela me deixa desconfortável. Não sei como agir quando estou perto dela.

Não coloquei o nome de Jane na lista de convidados. Deveria ter posto. E, apesar de ser completamente errado, uma parte de mim queria que ela voltasse a ser como era antes. Tenho saudade de ouvir a voz da Olivia, ou de ver a Patrícia ficar vermelhinha quando olho para ela. Sinto que ninguém da turma estará aqui hoje. É estranho. Teoricamente, a anfitriã dessa festa é uma garota que não existe mais.

Sei que é uma mudança para melhor. Tento me convencer disso, mas não deixo de sentir um vazio dentro de mim.

"Você não acha um exagero?", diz ela, falando da minha generosa lista de convidados.

"É a última festa", argumento. "Sabe, é justo dar uma chance pra todo mundo comparecer."

"Isso vai ser um desastre", anuncia ela, virando os olhos.

Os convidados começam a chegar; sinto um aperto no estômago. Encontro-me, em mais de uma ocasião, segurando a respiração. Fico esperando que alguém faça ou diga algo para a Hanna-Jane desmoronar, mas nada acontece. Ela está admiravelmente tranquila com o mar de pessoas que invade a casa. Não parece exatamente a Hanna, mas também não age como uma doente mental. Duvido que qualquer outra pessoa tenha percebido sua mudança. Estão muito ocupados sendo felizes e celebrando. Além disso, nunca observaram muito as mudanças de personalidade dela.

As coisas vão bem por enquanto, então por que me sinto como uma espécie de cientista maluco que criou um monstro? Jane não é um monstro. É uma garota doce, apesar de que nunca será a garota que eu conheci. Tenho medo de pensar que a perdi para sempre. No entanto, lembro-me de como era assustador ver aquela garota se autodestruindo diante dos meus olhos.

Estou ao seu lado quando Gabriel nos encontra no terraço. Ele traz um de seus sorrisinhos idiotas.

"Ótima festa", diz a ela.

"Eu realmente não fiz muita coisa", explica ela. "Mas, obrigada." Suas palavras são inocentes o bastante, porém o tom em que são pronunciadas, a formulação da frase, algo me lembra Olivia. Fico tenso, e não posso deixar de reparar em como Gabriel me olha, cauteloso.

"Você está sendo modesta", argumento. "Esta festa levou quatro anos pra ser planejada." Ela dá um sorriso tímido, e Gabriel acha graça.

"Bom, eu só queria agradecer", anuncia Gabriel. "Por tudo. E estou feliz que você esteja melhor."

Ela agradece, ainda com um sorriso tímido. Fico aliviado quando Gabriel volta à festa, mas meu alívio se vai quando ela chama pelo nome dele. De repente, parece séria. Ele dá meia-volta.

"Você é um cara legal", começa ela. Sua voz falha um pouco, e chego mais perto, pronto para interrompê-la se for necessário. "Eu conhecia uma garota que gostava de você. Era algo destinado a não dar certo, mas, numa outra vida, sabe, talvez tivesse sido diferente."

"Claro", responde ele. Não parece tão intrigado. Será que ele sabe? Será que sempre soube? Isso importa? Suas palavras seguintes desfazem minhas dúvidas. "Eu também conhecia um cara que gostava de você", confessa ele. "Mas havia complicações e compromissos. Tenho certeza de que, em outra vida, vocês teriam ficado juntos."

Ela concorda. O sorriso tímido reaparece. Gabriel me oferece um aceno amigável, antes de desaparecer na multidão.

"Já pode parar com isso agora", diz ela para mim.

"O quê?"

"A cena de namorado ciumento."

Imagino se é isso que eu sou. Sou seu namorado? Como posso ser, se não conheço essa estranha? Olho para ela, mas seu rosto é um enigma.

"Já volto", digo.

O jardim está lotado de adolescentes. Abro caminho pela multidão e encontro um canto escuro e vazio perto do celeiro. Sento-me, descansando as costas na madeira áspera. Quando decidi fazer essa festa, fiquei preocupado que talvez fosse demais para ela, mas agora sou eu quem não consegue lidar com a situação. Queria ver Hanna voltar à vida com a animação da festa, porém Hanna se foi, e não sei o que fazer com quem ela é agora, com Jane. Sinto-me tonto, preso a essa impostora estranha. Enquanto penso isso, dou-me conta de que é exatamente o contrário. A impostora era a garota que eu havia conhecido.

"Agora entendi por que ela fazia listas de convidados."

A voz me assusta e levanto rapidamente, batendo a cabeça na parede do celeiro.

"Jasmine? O que você está fazendo aqui?"

"Você colocou o meu nome na lista, lembra?"

"Quer dizer, por que você não está aproveitando a festa?"

"Gente demais", comenta ela. "É muito pra mim."

Ao menos, não sou o único que se sente atordoado, embora nossos motivos sejam completamente diferentes.

"O que você está fazendo aqui fora?", pergunta ela.

"Não conheço ninguém aqui", explico. Espero que ela ria do meu comentário, mas não ri. Na verdade, está tão quieta que nem parece estar mais ali. "Jasmine?"

"Você contou pra ela sobre o artigo de jornal?", pergunta.

"Não, ainda não", falo. Prendo-me à esperança de que ela já saiba que seu padrasto está morto.

"Talvez ajudasse a dar um fim a essa história", aponta Jasmine.

"Ou talvez a afundaria ainda mais", penso. Essa é a questão. Sinto que estou pisando em ovos quando estou perto dela; nunca sei o que devo ou não dizer.

"Ela não é mais a mesma", observo.

"Mas isso é bom, não é? Quer dizer, ela estava bem perturbada antes, certo?"

Claro, ela era uma garota perturbada, mas continua sendo. Só é um tipo diferente de perturbada. Provavelmente, ela nunca será normal. Imagino o quanto a Jasmine deve saber, e percebo que não estou preocupado. Não importa mais. Tudo bem se a Jasmine souber. Tudo bem se todo mundo souber.

"Eu soube por muito tempo", conto para Jasmine. "Sabia que ela tinha problemas e nunca fiz nada pra ajudar. Em vez disso, ajudei a manter seu segredo bem guardado. Não sei se isso me torna uma pessoa horrível ou não."

"Isso torna você humano. Todos fazemos coisas idiotas de vez em quando."

"Apesar de eu saber que ela era louca, não parecia louca. Parecia alguém que tinha tudo sob controle."

"Todo mundo parecia pensar assim."

"Exatamente", afirmo, feliz em ouvi-la confirmar o que sempre acreditei ser verdade. Ela encontrou uma forma de fazer funcionar, e as pessoas gostavam dela do jeito que era. Eu gostava dela do jeito que era. E, agora, olhe só pra ela. Não se pode dizer que seu estado agora seja melhor.

Jasmine me examina.

"Alex, ela tinha sérios problemas. Entendo que você não sabia o que fazer, mas isso não quer dizer que não fazer nada estivesse certo. Ela precisava de ajuda. Você sabe disso, não sabe?"

"Como se o colégio não fosse cheio de gente tentando ser o que não é, interpretando personagens pra ser aceita pelas outras pessoas."

"Isso é diferente", explica Jasmine. Está brava comigo. Pergunto-me se perdi a coisa mais próxima que eu tinha de uma amiga. Parece que tenho o dom para essas coisas.

"Você acha que é culpa minha que ela esteja assim agora? Por que não fiz nada antes?" Não espero pela resposta. "Não entendo por que tudo precisa ser minha responsabilidade. E todas as outras pessoas? Seus professores, seus amigos, sua mãe? Se tivessem se preocupado em realmente conhecê-la, teriam percebido que havia algo errado com ela."

"Acalme-se", pede Jasmine. "Olhe, faz tempo que ela tem esses problemas, não teria feito muita diferença se você dissesse alguma coisa antes."

Ela está certa, é claro. Isso me faz sentir um pouco melhor. Tudo bem se ela pensa que eu deveria ter agido mais cedo; eu mereço a culpa. Até me sinto melhor aceitando a culpa. Não que me sinta bem – isso, não. Mas eu sinto que as coisas se ajeitaram. Isso me lembra o que Jasmine disse sobre dar um fim a toda essa história.

"Preciso ir", digo a ela.

A impressão da notícia de jornal está no bolso do meu casaco, e meu casaco está pendurado na cadeira da cozinha da Hanna – não, da Jane. Tenho de abrir caminho pela multidão para recuperá-lo, e depois lutar para achar Jane novamente. Ou ela já sabe de tudo isso e não terá importância, ou descobrir que seu padrasto está morto poderá deixá-la mais perto de ser uma pessoa completa. Ignoro a terceira possibilidade, na qual a notícia a fará desmoronar. Vi Jane em ação hoje e sei que ela é mais forte que isso.

"Você continua aqui", comenta ela. "Pensei que tivesse ido embora."

"Queria mostrar uma coisa pra você", respondo. Desdobro o jornal e mostro a ela. Observo seu rosto enquanto ela lê, e consigo detectar um breve momento de emoção. Mas desaparece rápido demais para que eu possa distinguir seus sentimentos.

"Por que você me deu isso?", pergunta. Não parece nem um pouco chateada. Sua voz é completamente neutra.

"Pensei que você se sentiria melhor sabendo disso", explico. "Ele está morto."

"Acho que tentei contar isso pra você", lembra ela.

Lembro-me de Gilda naquele dia fora do shopping, com o sol escaldante sobre nossas cabeças. O que havia dito? Algo sobre a mãe de Hanna ter expulsado Tom de casa ou algo do tipo... Não, havia dito que ela "o fez ir embora".

Em minha cabeça, ouço Gilda repetindo as palavras, e ouço algo que não tinha ouvido antes. É algo em seu tom, a inflexão de sua voz. E quase posso ouvir a Sra. Best dizendo a sua filha que havia feito o homem mau ir embora.

Gilda não falava sobre o padrasto da Hanna ter ido embora de Fidelity. Falava sobre ter deixado o plano carnal.

Sinto-me um idiota por ter lhe entregado o jornal. Ela não precisava da minha pesquisa inútil para dar um fim a sua história. Sempre soube o que havia acontecido com seu padrasto. Não foi à toa que ficou tão perturbada.

"Sua mãe o matou", deduzo. Dou-lhe vários segundos para refutar minha acusação, mas não sou corrigido. "Por isso, ela não quis que você fosse pra terapia. Deixou você virar outra pessoa pra salvar seu próprio pescoço."

"Eu já disse, ela não sabia." Seu tom é cortante e furioso. Estou feliz por vê-la expressar uma emoção, mesmo que seja uma emoção negativa direcionada a mim. Não acredito totalmente nela. Quer dizer, ela pode até pensar que havia enganado sua mãe, mas o quão fora de si a mulher poderia estar para não perceber o que acontecia com sua própria filha?

Ela me devolve a notícia de jornal. Não preciso dela, mas pego o papel e enfio em meu bolso.

Ela fica parada ali, olhando para a multidão que se dispersa pelo quintal. Existe algo naquele olhar desafiador que me faz pensar em Gilda. Não é nada além de um lapso de reconhecimento, mas me faz imaginar. Talvez elas não tenham ido realmente embora. Talvez ainda existam fragmentos de suas antigas personalidades em Jane.

Recordo-me então que não sei nada sobre Jane. Talvez seja hora de consertar isso.

"Acho que não fomos propriamente apresentados", digo. "Sou Alex Journer." Estendo a mão para cumprimentá-la.

Ela encara minha mão, confusa, e finalmente a aperta.

"Jane Best", responde. Espero que o nome que sai tão naturalmente de seus lábios soe como unhas numa lousa, mas devo estar me acostumando. Na verdade, não é tão ruim. Tem uma boa sonoridade.

"Então, não sei, será que a gente poderia sair algum dia pra se conhecer um pouco melhor?"

"Claro, Alex. Eu adoraria", ela aceita. Um sorriso dança em seu rosto, por um momento breve demais, porém, enquanto estava lá, ela se parecia muito com uma garota por quem me apaixonei um dia.

Este livro foi composto com tipografia Electra LT Std e impresso
em papel Pólen Bold 70 g/m² na Gráfica EGB.